सहेजें खुशियों का अनमोल खजाना

दोस्ती

लेखक

डॉ. एच. एल. माहेश्वरी

डायमंड बुक्स

www.diamondbook.in

प्रकाशकः डायमंड पॉकेट बुक्स (प्रा.) लि.
X.30, ओखला इंडस्ट्रियल एरिया, फेज-II
नई दिल्ली-110020
फोन : 011-40712200
ई-मेल : sales@dpb.in
वेबसाइट : www.diamondbook.in

SAHEJEIN KHUSHIYON KA ANMOL KHAJANA - DOSTI

By : H. L. Maheshwari

प्रस्तावना

खुशियों के अनमोल खजाने की चाबी आपके हाथ में

खुशियों के साथ जिन्दगी जीने के लिए अच्छा स्वास्थ्य, धन और विद्या के समान ही दोस्ती का महत्त्व है। लेकिन अफसोस की बात है कि अधिकांश लोग दोस्ती के महत्त्व को नहीं समझते और न ही उसके बीजारोपण, पनपने और सहेजें रखने के तरीके जानते हैं। ऐसे लोगों को जीवन भर एक भी अच्छा और सच्चा दोस्त नहीं मिल पाता और उनके दिल में दोस्त का अभाव हमेशा खटकता रहता है।

यह पुस्तक इसी उद्देश्य को लेकर लिखी गई है कि लोग दोस्ती के महत्त्व को समझें, दोस्ती करने और उसे सुदृढ़ और स्थायी बनाने की कला जाने, क्योंकि दोस्ती जिन्दगी की एक अहम जरूरत है। इसके बिना व्यक्ति पूरी तरह जी भी नहीं पाता, खुशियाँ उससे कोसों दूर रहती हैं। किसी शायर की यह पंक्तियाँ कितनी सटीक हैं–

गीत की जरूरत महफिल में होती है,
प्यार की जरूरत दिल में होती है
दोस्ती के बिना यह जिन्दगी अधूरी है
क्योंकि दोस्ती जिन्दगी की जरूरत होती है।

जोसेफ हाल का कथन है कि–

"मित्र दुःख में राहत है, कठिनाई में पथ प्रदर्शक, जीवन की खुशी है, ज़मीन का खजाना, मनुष्य के रूप में नेक फरिश्ता है।"

आपको यदि ऐसे मित्र की तलाश है जो आपके हृदय के भीतरी कोने को स्पर्श कर सके, सहानुभूति, सह्रदयता और आत्मीयता के साथ आपके दोषों और समस्याओं को सुन उनके निराकरण के लिए प्रयासरत रहे और आपकी कमजोरियों को धीरे–धीरे दूर करने का प्रयत्न करे और

अन्त में आपको आत्मोन्नति के मार्ग पर बढ़ाते–बढ़ाते आत्मशांति तक ले पहुंचे, ऐसे मित्र बहुत कम होते हुए भी आपको मिल सकते हैं, बशर्ते कि आप जैसे गुणवान मित्र चाहते हैं स्वयं भी वैसे ही बनने के लिए प्रयत्नशील रहें।

यह पुस्तक दोस्ती के सभी पहलुओं को समेटे हुए है। जो आपको अच्छे, सच्चे और संवेदनशील मित्र को ढूंढने में मदद करेगी। साथ ही चापलूस, धोखेबाज और कपटी मित्रों से बचने के लिए सचेत करेगी।

चाबी पुस्तक के रूप में

पुस्तक के रूप में "खुशियों का अनमोल खजाना" की चाबी आपके हाथों में सुपुर्द कर रहा हूँ। अब आप इस खजाने के मालिक हैं। इस खजाने के उपयोग से आप स्वयं अपनी जिन्दगी में खुशियाँ लाएं और साथ ही अपने दोस्तों को बांटे। बस यही मेरी कामना है।

पुस्तक को लिखने में मेरी धर्मपत्नी श्रीमती लक्ष्मी माहेश्वरी, पुत्र डॉ. पंकज माहेश्वरी एवं पुत्रवधू डॉ. श्रद्धा माहेश्वरी द्वारा दिये गए सहयोग एवं प्रेरणा के प्रति उनका आभारी हूँ।

वरिष्ठ साहित्यकार डॉ. शिव चौरसिया से मिले मार्गदर्शन के लिए मैं उनके प्रति कृतज्ञता व्यक्त करता हूँ।

पुस्तक में प्रयोग में लाए गये उदाहरण, कोटेशन, शेरो–शायरी, शोध रिपोर्ट्स आदि के स्त्रोत नोट नहीं कर पाया हूँ लेकिन उन सभी के प्रति आभार व्यक्त करता हूँ।

– डॉ. एच. एल. माहेश्वरी

निवास : 11, महावीरनगर, विद्यानगर के पास,
सांवेर रोड़, उज्जैन (म.प्र.)

फोन : 0734–2514410,

मोबाईल : 9827265724

अनुक्रम

1

दोस्ती : जिन्दगी की खुशियों का अनमोल खजाना

दोस्तों की महफिल में आकर खुशी के फूल खिल जाते हैं।
गम चाहे बड़ा क्यों न हो, यहाँ आकर भूल जाते हैं।

यदि किसी से पूछा जाए कि वह धनवान बनना चाहता है या गरीब रहना चाहता है तो उसका सीधा सा उत्तर होगा 'धनवान बनना'। कारण बिलकुल साफ है। धन से समस्त भौतिक सुख–सुविधाओं को जुटाया और भोगा जा सकता है और फिर सोसायटी में मान–सम्मान और 'स्टेटस' भी बढ़ता है। लेकिन क्या किसी व्यक्ति का आर्थिक रूप से सम्पन्न होना उसकी समग्र खुशहाली का प्रतीक है? कदापि नहीं। किसी व्यक्ति का धनवान होना एक बात है और उसका खुश होना दूसरी बात। अधिकांश लोगों के पास सम्पत्ति तो है लेकिन वे खुश नहीं हैं।

स्पष्ट है कि आज के भौतिकवादी युग में बहुत कुछ होते हुए भी लोग खुश नहीं हैं। भौतिकवाद ने हमारी खुशियाँ, मन का सुकून काफी हद तक छीन लिया है। हर क्षेत्र में सुविधाओं से जटिलताएँ भी बढ़ी हैं। अधिक पैसा कमाने की होड़ में इंसान स्वयं से भी नाता तोड़ बैठा है। उसे यह पता ही नहीं कि वास्तव में वह खुश है या नहीं। बहुत कुछ होते हुए भी लोगों को जिन्दगी में खुशी और शांति नहीं मिल पाती जिसकी तमन्ना सभी करते हैं।

नार्टिघम यूनिवर्सिटी के एक शोध के अनुसार, जिन वयस्क लोगों के 10 दोस्त थे, वे उन लोगों की तुलना में अधिक खुश थे, जिनके पांच या कम दोस्त थे। अध्ययन का निष्कर्ष था कि खुश रहने के लिए दोस्त बनाएँ और दूसरे के मद्दगार बनें।

मनुष्य अपने पसंदीदा वातावरण और दोस्तों के साथ रहने में बहुत खुशी अनुभव करता है। उसका मन प्रफुल्लित रहता है और उसकी कार्यक्षमता बढ़

जाती है। चेहरा लाल गुलाब की तरह खिला–खिला दिखाई देता है। खुश रहने के लिए व्यक्ति को और क्या चाहिए? दोस्त और पसंदीदा माहौल।

किसी ने पूछा– ''इत्र और मित्र में क्या फर्क है।'' उत्तर मिला– ''जो माहौल को महका दे वह इत्र और जो जीवन को महका दे वह मित्र।''

किसी शायर ने क्या खूब कहा है–

पानी न हो तो नदियाँ किस काम की,
आंसू न हों तो अखियाँ किस काम की।
दिल न हो तो धड़कन किस काम की
दोस्त न हो ज़िन्दगी किस काम की।।

दोस्त : जिन्दगी की खुशियों का खजाना

दोस्ती में आत्मीयता का भाव रहता है, एक दूसरे के लिए असाधारण आकर्षण रहता है। एक दूसरे का हित चाहते हैं, समृद्धि चाहते हैं, सुख चाहते हैं और सहायता के लिए तैयार रहते हैं, भूलों और कमजोरियों को उदारतापूर्वक सहन कर लेते हैं तथा मुसीबत के समय बड़े–से–बड़ा त्याग करने के लिए तैयार रहते हैं। किसी शायर ने क्या खूब कहा है–

क्यों मुश्किलों में साथ देते हैं 'दोस्त'
क्यूं गम को बांट लेते हैं 'दोस्त'
न रिश्ता खून का, न रिवाज से बंधा
फिर भी जिन्दगी भर साथ देते हैं 'दोस्त'।

दोस्त हमारे आनन्द, उल्लास और सुख को कई गुना बढ़ा देते हैं और हमारी सारी पीड़ा और परेशानी को बाँट कर बहुत कम कर देते हैं। सारी मनुष्य जाति का खुशी मनाने का तरीका एक ही है– लोगों को इकट्ठा करना, भोजन, दावत आदि का आयोजन करना, नाचना, गाना। सगाई–विवाह हो, पुत्र जन्म हो, बर्थ डे हो या फिर पुरस्कार पाने की खुशियाँ हों, सभी का उफान ठंडा ही रहता है, जब तक हम दोस्तों को इकट्ठा न कर लें। किसी ने ठीक ही कहा है–

''दुनिया के हर रिश्ते में दोस्त का रिश्ता यूं भी अनोखा होता है। इसमें एक दोस्त, दूसरे की दोस्ती में स्वयं को एक सहयोगात्मक आवरण से घिरा हुआ पाता है। यह एक ऐसा आवरण होता है जो सुख में, दुःख में, सम या विषम परिस्थितियों में एक–दूसरे से दूर नहीं हटता।''

करोड़ों के मालिक होकर भी गरीब

आप भले ही करोड़ों की जायदाद के मालिक क्यों न हों, जब तक शाम को चार दोस्त आपका इन्तजार न कर रहे हों तो आप गरीब हैं।

सुप्रसिद्ध दार्शनिक सिसरो ने लिखा है–

"इस संसार में मित्रता से अधिक कुछ भी मूल्यवान नहीं है।"

किसी शायर ने क्या खूब कहा है–

दोस्ती से कीमती कोई जागीर नहीं होती
दोस्ती से खूबसूरत कोई तस्वीर नहीं होती
दोस्ती यों तो है एक कच्चा धागा
मगर इस धागे से
मजबूत कोई जंजीर नहीं होती।

एक विचारक का कथन है–

"अगर तुम्हारे पास एक भी सच्चा दोस्त नहीं है तो यकीन मानिये तुमसे ज्यादा गरीब दुनिया में कोई नहीं।"

मित्रता खरीदी नहीं जा सकती

धन कुबेर हेनरी फोर्ड से अमेरिका के एक पत्रकार ने पूछा, "क्या आपके जीवन में ऐसी भी वस्तु है जिसे आप प्राप्त न कर सके हों?" हेनरी फोर्ड ने उत्तर दिया, "यदि मुझे अपना जीवन फिर से शुरू करना पड़े तो मैं मित्रों की तलाश करूंगा। मेरे धन ने मुझे मित्रों से नहीं मिलने दिया। धन या कोई वस्तु देकर मैत्री नहीं खरीदी जा सकती। मनुष्य के गुण देखकर वह स्वयं मिल जाती है।"

आदमी केवल पैसों से धनवान नहीं होता। असली धनवान वह है, जिनके पास अच्छी सोच और अच्छे दोस्त हैं।

हरिवंशराय बच्चन की दोस्ती के बारे में एक सुन्दर कविता है–

"अगर बिकी तेरी दोस्ती तो पहले खरीददार हम होंगे।
तुझे खबर न होगी तेरी कीमत, पर तुझे पाकर हम सबसे अमीर होंगे।"

दोस्ती - एक अनमोल रिश्ता

दोस्ती का रिश्ता अनमोल है। यदि यह रिश्ता न हो तो हम और आप उतनी निश्चिंतता से नहीं जी पाते, जितने जी रहे हैं। किसी

ने सच कहा है–

"जिन्दगी जीने के लिए जीना, गुजारना नहीं। यदि हम मित्रों के साथ जिन्दगी को खुशी के साथ जीते रहेंगे तो वाकई इसमें आने वाली समस्याओं पर भी यूं ही काबू पा सकेंगे। लेकिन जैसे ही हमने उसे ढोने के बारे में सोच लिया तो समझो जीवन जीने के मायने ही बेमानी लगने लगेंगे। दोस्ती में लोग भले ही अलग–अलग तरह से जुड़े हों, लेकिन बिना किसी प्रलोभन के जरूरत के समय वे आपके साथ खड़े हो जाते हैं।" दोस्त के बारे में किसी कवि ने क्या खूब कहा है–

जरूरी तो नहीं कि दोस्त प्यार की मूरत हो,
जरूरी नहीं कि दोस्त अच्छा और खूबसूरत हो,
पर सबसे सुन्दर वो दोस्त है
जो आपके साथ हो जब आपको उस की जरूरत हो।

मित्रता में निवेश कर बेहतर बनाएँ - जिन्दगी

इमर्सन का कहना है–

''हम अपनी तंदरुस्ती का ध्यान रखते हैं, हम पैसा इकट्ठा करते हैं, हम अपने कमरों को बन्द रखते हैं, हम मनपसंद पर्याप्त कपड़े पहनते हैं, परन्तु वही व्यक्ति समझदार है जो सबसे अच्छी सम्पत्ति 'मित्रता' में निवेश करता है।''

अमेरिका के मिशीगन स्टेट यूनिवर्सिटी के शोधकर्ताओं ने दोस्ती और पारिवारिक रिश्तों पर जो अध्ययन किया उसका निष्कर्ष निकालते हुए प्रो. विलियम चौपिक का कहना है–

"आपके साथ और आसपास रहने वाले कुछ अच्छे दोस्त आपकी जिन्दगी को बेहतर बना सकते हैं। वे स्वस्थ रहने के लिहाज से भी सबसे बड़े शुभ चिन्तक बन सकते हैं। इसलिए हमारे लिए मित्रता में निवेश करना सबसे अच्छी बात है। इसके अतिरिक्त दोस्त हमेशा आपको खुश रखते हैं। वे हमें सकारात्मक बनाते हैं और निराशा आदि बातों से दूर रखते हैं। अकेले होने और परिवार से दूर होने पर भी वे हमारी ज्यादा मदद करते हैं। वे हमारे पारिवारिक रिश्तों में तनाव को भी दूर करने में सहायता करते हैं।"

सच्चे मित्र मिलना- दैवी वरदान

महात्मा गांधी ने कहा है–

''सच्चे मित्र मिल जाना मनुष्य के लिए दैवी वरदान है। मित्रता जितनी बहुमूल्य है, उतना ही इसे पैदा करना, स्थिर रखना, सदा कायम रखना भी कठिन है। मित्रता स्थिर रखने के लिए एक–दूसरे के व्यक्तिगत दोषों को गौण समझना होगा। अन्यथा दोष दर्शन, आपसी छींटाकशी, आरोप–प्रत्यारोप से मित्रता टूट जाती है। मित्रता को स्थिर रखने का पूर्ण आधार है, मित्र के सद्‌गुणों का पता करना, उन्हें प्रोत्साहन देना और सबसे अहम आवश्यकता है, सहिष्णुता और उदारता की।''

यूरीपिडिन का कथन है कि विवेकी मित्र ही दुनिया का सबसे बड़ा वरदान है।

किसी ने ठीक ही कहा है–

"अच्छे मित्र, अच्छे रिश्तेदार और अच्छे विचार जिसके पास होते हैं, उसे दुनिया की कोई ताकत हरा नहीं सकती।"

किसी शायर की यह पंक्तियाँ सटीक हैं–

हमारी महफिल को फसाना मिल गया
हमारी गजलों को अफसाना मिल गया
आपकी दोस्ती ऐसी मिली, दोस्त
जैसे खुदा की ओर से कोई नजराना मिल गया।

दोस्ती का अर्थ - बड़ा मस्त

कुछ लोगों ने दोस्ती का अर्थ बड़ा मस्त निकाला है–

दोस्ती यानी दो हस्ती, जब दो हस्ती मिलती हैं तो दोस्ती होती है। वास्तव में तो जब दो लोगों में दोस्ती हो जाती है तो वे एक बड़ी हस्ती बन जाते हैं। यही तो दोस्ती का गणित है, यहां दो में से एक गया तो कुछ नहीं बचता।

इसीलिए किसी शायर ने कहा है–

रिश्तों की किताब का कवर है दोस्ती
इस दोस्त से ही बनी है हमारी हस्ती
खून के रिश्ते की बात तो सभी करते हैं
हमारे लिए तो जिन्दगी है बस आपकी दोस्ती।

कुछ लोगों का कहना है कि "दोस्त शब्द का अर्थ बिल्कुल सही है, जो हमारे दोष को अस्त कर दे, वही सही मायने में हमारा सच्चा दोस्त है।"

दोस्त बिना जिन्दगी, जिन्दगी नहीं

दोस्ती दो दिमागों का मिलन नहीं है, दो दिलों का मेल है। यदि किसी व्यक्ति का कोई दोस्त ही नहीं है तो ऐसे व्यक्ति की जिन्दगी, जिन्दगी ही नहीं है, वह तो आत्मा रहित मात्र एक चलता–फिरता पुतला है।

उम्र और जिन्दगी में बस इतना फर्क है कि जो दोस्तों के बिना बीती वो उम्र और जो दोस्तों के साथ गुजारी वो जिन्दगी।

किसी शायर ने क्या खूब कहा है–

समंदर न हो तो कश्ती किस काम की
मज़ाक न हो तो मस्ती किस काम की
दोस्ती के लिए तो कुर्बान है यह जिन्दगी
अगर दोस्त न हो, फिर ये जिन्दगी किस काम की।

दोस्त का मतलब - कोई मतलब नहीं

एक दोस्त ने दोस्त से पूछा, ''दोस्त का मतलब क्या होता है?'' दोस्त ने मुस्करा कर जवाब दिया, ''पागल एक दोस्त ही तो है जिसका कोई मतलब नहीं होता और जहाँ मतलब होता है वहाँ कोई दोस्त नहीं होता।'' जबकि–

एक उम्र गुजार दी हमने दोस्ती का मतलब समझने में।
और लोग लगे हुए हैं मतलब के दोस्त बनाने में।

तेरी आवाज मन में सेव (Save) कर ली

दोस्ती के बारे में मैंने एक दिलचस्प बात किसी पत्रिका में पढ़ी थी, वह यथावत प्रस्तुत है–

"मैंने, मेरे एक दोस्त को फोन किया और कहा कि यह नया नम्बर है, सेव (Save) कर लेना। उसने बहुत अच्छा उत्तर दिया, जिसे सुनकर मेरे आँखों में आंसू निकल आए। उसने कहा तेरी आवाज मन में सेव कर रखी है। नम्बर तू चाहे कितनी बार भी बदल ले, मुझे कोई फर्क नहीं पड़ता। मैं तुझे तेरी आवाज से ही पहचान लूंगा।"

किसी शायर ने क्या खूब कहा है–

दुनिया में कहीं होता हो मगर
दोस्त का घर दूर कहां होता है।
जब भी चाहे आवाज लगा लेता हूँ
वो मेरे दिल में छिपा होता है।
जाने कैसे वो दर्द मेरा जान लेता है
दुखों पे मेरे वो कहीं रोता है।

मित्र कौन है?

राष्ट्रकवि मैथलीशरण गुप्त ने अपनी सुन्दर रचना में कहा है–

तृप्त हृदय को, सरस स्नेह से,
जो सहला दे, मित्र वही है।
रूखे मन को, सराबोर कर,
जो नहला दे, मित्र वही है।
प्रिय वियोग, संतप्त चित्र को
जो बहला दे, मित्र वही है
अश्रु बूंद की एक झलक से
जो दहला दे, मित्र वही है।

खोएँ नहीं बेशकीमती मित्र को

आप सच्चे मित्र की बारीकी से पहचान करें और फिर किसी भी हालत में दूसरों के बहकावे में आकर उसे खोएँ नहीं। आखिरकार एक सच्चा मित्र, आज की भीड़ भरी भौतिकवादी अनजान दुनिया में मुश्किल से मिलता है और उसे खो देने के बाद आप पछताने के अलावा कुछ नहीं कर पाएँगे।

किसी ने ठीक ही कहा है–

"दोस्त और रिश्ते, ये वो चीजें हैं, जो हमें मुफ्त में मिलती हैं। मगर इनके बेशकीमती होने का अहसास तब होता है जब ये कहीं खो जाती हैं।"

किसी विचारक ने कहा है–

"किसी से दोस्ती ऐसी निभाओ कि देखकर आपके दुश्मन भी ये कहें कि काश हम भी इनके दोस्त होते।"

खुशियों की चाबी दोस्ती

अधिकांश लोग पैसा और स्टेट्स को खुशहाल जिन्दगी की चाबी मानते हैं। परन्तु यह बात सच नहीं है। खुशियों की वास्तविक चाबी तो आपके अपनों के पास है, बस आवश्यकता है उसे जानने की। हार्वर्ड यूनिवर्सिटी के एक शोध में यह बात कही गई है कि "लम्बे समय तक स्वस्थ और खुश रहने के लिए दोस्तों से मजबूत रिश्ता सबसे महत्वपूर्ण भूमिका निभाता है।" यह शोध कोई 3–4 वर्ष पुराना नहीं है बल्कि पूरे 75 वर्ष तक हार्वर्ड में इस पर काम चला है और यह बात निकल कर सामने आयी कि मजबूत रिश्ते ही जीवन में खुशहाली का राज होते हैं।

सहेजें दोस्ती के रिश्ते

मित्रता या दोस्ती एक अत्यंत मूल्यवान सम्पत्ति के समान है। उसे वैसी ही सावधानी से सहेजकर रखना जरूरी है जैसे सोना–चांदी, हीरे–जवाहरात को संभाल कर रखते हैं। इन चीजों को यदि लापरवाही से असुरक्षित रखा जाए तो उनके खो जाने या नष्ट हो जाने की आशंका रहती है। इसी प्रकार मित्रता को असुरक्षित रखा जाए, उसकी सुरक्षा पर पूरी सावधानी से ध्यान न दिया जाए तो टूट जाने या समाप्त हो जाने का डर रहता है। इसी संदर्भ में एक विद्वान का कथन है–

जिन्दगी मेरे कानों में अभी होले से कुछ कह गई
दोस्ती के रिश्तों को संभालकर रखे बिना गुजारा नहीं होता।

भारत के पूर्व राष्ट्रपति अबुल कलाम आजाद ने दोस्ती के रिश्ते को सहजे रखने के बारे में कहा है–

Money is a small coin
Health is a big coin
Love is Lucky coin
Friend ship is Sweet coin
Keep it safe

स्कूल के दोस्त बहुत याद आते हैं

स्कूल के दोस्तों के बारे में किसी ने क्या खूब कहा है–

मैं यादों का किस्सा खोलूं तो
कुछ दोस्त बहुत याद आते हैं।
मैं गुजरे पल को सोचूं तो
कुछ दोस्त बहुत याद आते हैं।
स्कूल छूटा सब बिछड़ गये
कुछ इधर गये, कुछ उधर गये
अब जब भी तन्हा बैठूं तो
कुछ दोस्त बहुत याद आते हैं।
अब जाने कौन सी नगरी में
आबाद है जाकर मुद्दत से
मैं देर रात तक जागूं तो
कुछ दोस्त बहुत याद आते हैं।
संग रोते थे, संग हंसते थे
संग खाते थे, संग गाते थे
अब गीत वही दोहराऊँ तो
कुछ दोस्त बहुत याद आते हैं।
कुछ बातें थी फूलों जैसी कुछ लहजे खुश्बू जैसे थे
मैं शहर-ए-चमन में टहलूं तो
कुछ दोस्त बहुत याद आते हैं।
वो पल भर की नाराजियाँ
वो मान भी जाना पल भर में
अब खुद से भी रूठूं तो
कुछ दोस्त बहुत याद आते हैं।

किसी शायर ने बिलकुल ही सटीक कहा है –

किस हद तक जाना है, ये कौन जानता है
किस मंजिल को पाना है, ये कौन जानता है।
दोस्ती के दो पल जी भर के जी लो
किस रोज बिछड़ जाना है, ये कौन जानता है।

मित्रों से आपके संबंध की स्थिति जानने के लिए आप स्वयं से प्रश्न करें-

1. क्या आपके पास कम–से–कम एक ऐसा मित्र है जिसे आप अपने व्यक्तिगत दुःख के समय बुला सकते हैं।
2. क्या आपका कोई मित्र, आपकी समस्याओं के बारे में ही नहीं डूबा रहता, बल्कि आपकी समस्या का हल निकालने का प्रयास करता है।
3. क्या आपके कई मित्र हैं, जिनसे बिना पूर्व सूचना (appointment) आप मिल सकते हैं?
4. जब आप सो रहे हों, उस समय किसी मित्र का फोन आता है तो क्या आप बिना परेशान हुए पूछते हैं–
   "मैं तुम्हारे फोन का कब से इंतजार कर रहा था?"
5. क्या आप के कई दोस्त हैं, जो आपको आवश्यकता पड़ने पर पैसा उधार दे सकते हैं या गारंटी देकर या अन्य व्यावहारिक तरीके से आप की मदद कर सकते हैं?
6. क्या आपके कई मित्र ऐसे हैं, जिनके साथ आप मनोरंजन की गतिविधियों में भाग ले सकते हैं?
7. क्या आपका कोई ऐसा मित्र है, जो बुरे वक्त में हर कदम पर आपके साथ होता है?
8. क्या आपका कोई ऐसा दोस्त है, जो आपके आँखों में आए आँसू देखकर, इस तरह नर्वस हो जाता है मानो उसकी जिन्दगी खाली–खाली हो गई हो।

अगर उपरोक्त प्रश्नों के ज्यादातर उत्तर न में हैं तो आपकी मित्रता के मामले में सोचनीय स्थिति है और इस बारे में आपको कुछ कदम उठाना चाहिए।

गहरी मित्रता बनाने के लिए आपको अपने सुविधाजनक दायरे से निकल कर उन लोगों से, सरल ह्रदय के साथ, गर्मजोशी के साथ बात करने की पहल करनी पड़ेगी जिन्हें शायद आप अच्छी तरह जानते भी न हों और आप मित्रता के बीज बोएंगे तो आपको अवश्य ही उत्तम दोस्ती की फसल का लाभ प्राप्त होगा।

2

दोस्ती के बीजारोपण एवं पनपने के लिए आवश्यक बातें

रिश्ता बहुत गहरा न हो परन्तु भरोसा बहुत गहरा होना चाहिए। गुरु वही सर्वश्रेष्ठ होता है, जिसकी प्रेरणा से किसी का चरित्र बदल जाए और मित्र वही श्रेष्ठ होता है, जिसकी संगत से रंगत बदल जाए।

दोस्ती के बीजारोपण एवं पनपने के लिए निम्नांकित बातें जरूरी हैं –

स्वभाव की समानता

स्वभाव की समानता मित्रता का मूलाधार है। कोई व्यक्ति आर्थिक दृष्टि से, शिक्षा की दृष्टि से, जातीय या सम्प्रदाय की दृष्टि से असमान भले ही हो पर जिनका स्वभाव और विचार एक से हैं, मनोवृत्तियों, इच्छाओं और आकांक्षाओं में समता है तो वे आपस में मित्र बन सकते हैं। जिनका अन्तःकरण एक स्थान पर केन्द्रीभूत न होगा, स्वभाव न मिलता होगा, उनकी मित्रता न तो मजबूत हो सकेगी और न स्थायी। इसलिए मित्रता की स्थापना करते समय यह देख लेना चाहिए कि हमारे बीच स्वाभाविक समानता है या नहीं? भीतरी वृत्तियां आपस में मिलती हैं या नहीं? यदि मिलती हैं तो मैत्री गहरी और सुदृढ़ होगी। इस बात की मुंशी प्रेमचंद द्वारा लिखित पंच परमेश्वर नामक कहानी पूरी तरह पुष्टि करती है–

जुम्मन शेख और अलगू चौधरी में गाढ़ी मित्रता थी। साझे में खेती होती थी। कुछ लेन–देन में भी साझा था। एक को दूसरे पर अटल विश्वास था। जुम्मन जब हज करने गए थे, तब वे अपना घर अलगू चौधरी को सौंप गए थे, और अलगू जब कभी बाहर जाते, तो जुम्मन शेख के भरोसे अपना घर छोड़ देते थे। उनमें न खान–पान का व्यवहार था, न धर्म का नाता, दोनों की आर्थिक स्थिति और शिक्षा में भी असमानता थी। केवल विचार और स्वभाव की समानता थी। मित्रता का मूल मंत्र भी यही है।

हालांकि जुम्मन शेख और अलगू चौधरी के बीच पंच की हैसियत से अलगू चौधरी ने जुम्मन शेख के हित के विपरीत जो न्यायोचित फैसला सुनाया था उससे अल्प समय के लिए दोनों में मतभेद हो गया था। लेकिन अन्य प्रकरण में जुम्मन शेख को पंच की कुर्सी पर बैठ कर फैसला करना पड़ा तब उसे महसूस हुआ कि अलगू चौधरी सही था। अतः दोनों का मतभेद दूर हो गया और मित्रता की मुरझाई लता में फिर से हरियाली हो गयी।

किसी ने ठीक ही कहा है–

"किसी को गलत समझने से पहले एक बार उसके हालात समझने की कोशिश जरूर करो, हम सही हो सकते हैं लेकिन मात्र हमारे सही होने से सामने वाला गलत नहीं हो सकता।"

दोस्त के प्रति दोस्त का विश्वास

बादशाह अकबर के एक शहजादे की दिल्ली के एक धनी मानी प्रतिष्ठित सेठ के पुत्र से दोस्ती हो गई। दोनों दोस्त दिन–भर गप्पें लगाते और सैर–सपाटे करते रहते थे। यह दोस्ती अकबर बादशाह और सेठजी दोनों को ही पसंद नहीं थी। इसलिए दोनों ही चाहते थे कि इनकी दोस्ती टूट जाए। सेठ जी का लड़का अपना काम–धंधा छोड़ कर रात–दिन शहजादे के साथ घूमता रहता था। लेकिन सेठजी डर की वजह से कुछ कह नहीं पाते थे कि कहीं बात शहजादे को मालूम न हो जाये, नहीं तो बिना कारण ही जान जोखिम में पड़ जाएगी, बादशाह शाहजादे की बात टाल नहीं सकते थे।

सेठजी के पुत्र और शहजादे की दोस्ती कैसे टूटे इस बारे में एक दिन बादशाह विचार कर ही रहे थे, इसी बीच बीरबल आ पहुंचे, उन्हें देखकर अकबर बहुत प्रसन्न हुए और बोले–

"सेठजी के पुत्र और शहजादे की दोस्ती किसी–न–किसी तरह टूटनी चाहिए, तुम ही यह काम कर सकते हो।"

बीरबल ने कहा– ''जहाँपनाह हुक्म जारी कीजिए कि आज ही शहजादा और सेठजी का पुत्र दरबार में उपस्थित हों।''

अकबर के आदेशानुसार दोनों दोस्त दरबार में उपस्थित हो गए।

कुछ देर इधर–उधर की मन बहलाव की बातें होती रहीं। जब बीरबल ने महसूस किया कि शहजादे का मन अब यहां नहीं लग रहा है तो उन्होंने सेठजी के पुत्र के पास जाकर उसके कान में फुसफुसा कर कुछ कहा। बात जरा–भी साफ नहीं थी पूरी तरह अस्पष्ट थी। अतः सेठजी का लड़का कुछ नहीं समझ पाया। इसके बाद बीरबल ने शहजादे के सामने ही सेठजी के लड़के को सम्बोधित करते हुए चेतावनी दी– ध्यान रहे, ये बात पूरी तरह गुप्त रखी जाए। अपने अभिन्न मित्रों से भी इसकी चर्चा न करें। बीरबल की इस चेतावनी को शहजादे सहित उपस्थित सभी लोगों ने सुना। इसके पश्चात् दरबार अगले दिन के लिए उठ गया।

दरबार से निकलते ही शहजादे ने दोस्त से पूछा– बीरबल ने तुम्हारे कान में क्या कहा था?

सेठजी का पुत्र शहजादे को कुछ भी नहीं बता सका। आखिर, कोई बात बीरबल कहते तब वह समझता। शंका उत्पन्न हो गई। वह बोला– दोस्त, आज तुमने यह नया तरीका खूब अपनाया। सेठजी के पुत्र ने कहा– 'नहीं, दोस्त नहीं।' बीरबल ने मुझसे कुछ कहा ही नहीं, केवल कान के पास मुंह करके कुछ अस्पष्ट सा फुसफुसाया और सभी उपस्थित लोगों के सामने कहा कि जो बात मैंने तुमसे कही है उसे तुम गुप्त रखना। सेठजी के पुत्र ने शाहजादे को समझाते हुए कहा।

परन्तु शहजादे को उसकी बात पर विश्वास नहीं हुआ। उसने सोचा– उसका मित्र सब कुछ जानते हुए भी बता नहीं रहा है। शहजादे के दिल में संदेह पैदा हो गया। धीरे–धीरे दोनों के दिलों में एक–दूसरे के प्रति अविश्वास की लकीर गहरी होती गई और दोनों की गहरी दोस्ती टूट गई, हमेशा के लिए एक–दूसरे के प्रति मन फट गया।

मित्रता में विश्वास की एक दिलचस्प कहानी

ज्ञान, धन और विश्वास तीनों बहुत अच्छे मित्र थे। तीनों में बहुत प्यार भी था। एक वक्त ऐसा आया जब तीनों को जुदा होना पड़ा, तीनों ने एक–दूसरे से सवाल किया कि हम कहाँ मिलेंगे? ज्ञान ने कहा– विद्यालय/महाविद्यालय में मिलूंगा। धन ने कहा– मैं अमीरों के पास मिलूंगा। विश्वास चुप था। दोनों ने जब उससे चुप रहने की वजह पूछी

तो विश्वास ने रोते हुए कहा– मैं जब एक बार चला गया तो फिर कभी नहीं मिलूंगा। किसी ने ठीक ही कहा है –

दोस्ती विश्वास की नींव पर टिकी होती है।
यह दीवार बड़ी मुश्किल से खड़ी होती है।।

विश्वास को सर्वथा त्याग कर आदमी जी नहीं सकता

व्यक्ति को जागरूक रहना चाहिए कि उसे कोई धोखा न दे सके, कोई विश्वासघात न कर सके। फिर भी लोग विश्वास करते हैं और धोखा भी खाते हैं, क्योंकि हम सभी के प्रति अविश्वासी नहीं बन सकते। विश्वास का सर्वथा त्याग कर मनुष्य जी भी नहीं सकता। इस बारे में एक दिलचस्प उदाहरण देखिए–

सिकन्दर एक बार असाध्य बीमारी से ग्रसित हुए। उनकी मृत्यु निश्चित मानकर कोई चिकित्सक बदनामी के डर से दवा देने का साहस नहीं कर पा रहा था। इस असमंजस भरी परिस्थिति में सिकन्दर को एक स्वामीभक्त नौकर 'फिलिप' ने दवा बनाई और उन्हें अच्छा हो जाने का भरोसा दिलाया।

चुगलखोरों ने सिकन्दर को पत्र लिखकर सूचना दी कि फारस के राजा ने फिलिप को विष देकर आपको मार डालने का षड़यंत्र किया है और बदले में विशाल सम्पदा देने का लालच भी।

सिकन्दर ने पत्र तकिए के नीचे सिरहाने रख लिया और फिलिप की दवा लेता रहा। उससे वह अच्छा भी हो गया। बाद में गुप्त सूचना से विष दिए जाने की बात प्रकट हुई, तो सिकन्दर ने कहा–

"विश्वास का सर्वथा त्याग करके भी मनुष्य जी नहीं सकता।"

मैत्री में निःस्वार्थता

मित्रता में स्वार्थ नहीं होना चाहिए। दो आत्माओं की एकता का जो आध्यात्मिक आनन्द है, वास्तव में वही मित्रता का सबसे बड़ा स्वार्थ है। व्यक्ति सम्पत्ति प्राप्त करके सुख महसूस करता है, चेतन आत्मा को जड़ सम्पत्ति की निकटता से भी कुछ अल्पकालीन सुख मिलता है। लेकिन चेतन आत्मा को दूसरी स्वजातीय आत्मा का सान्निध्य पाकर जो सुख मिलता है, वह अवर्णनीय होता है।

मित्रता करने वाले प्रत्येक व्यक्ति को यह भली प्रकार समझ लेना चाहिए कि मित्रता का उद्देश्य आत्म सुख है। उसे व्यापार नहीं मान लेना चाहिए। यह नहीं सोचना चाहिए कि अमुक व्यक्ति से हमारी मित्रता है इसलिए उससे अमुख–अमुख लाभ उठाएँगे। जो ऐसी उम्मीद रखते हैं वे मित्र नहीं व्यापारी हैं या भिक्षुक हैं।

ऐसा भी प्रयास करना चाहिए कि मित्र को यह आशंका न हो कि मुझसे अनुचित स्वार्थ साधन के लिए मित्रता की गई है। मित्रता और दुकानदारी में यही अन्तर है कि दुकानदार ग्राहक से चीज की कीमत पहले ले लेते हैं, लेकिन मित्र उस कीमत को हृदय से तोल लेता है और सौदा हो जाने के बाद उसकी कीमत किसी–न–किसी रूप में चुकाते हैं। मित्र स्वेच्छा से अपने मित्र के स्वार्थ साधन का ग्राहक बनता है। यदि उसे अपने स्वार्थ का साधन बनाया गया तो वही व्यवहार आशंका उत्पन्न करने वाला बन जाता है।

निःस्वार्थ दोस्ती के बारे में किसी शायर ने क्या खूब कहा है–

मिलना बिछुड़ना सब किस्मत का खेल है
कभी नफरत तो कभी दिलों का मेल है
बिक जाता है हर रिश्ता दुनिया में
बस एक दोस्ती है जो Not For Sale है।

एक दूसरे के मनोभावों को समझना

सहानुभूति (Sympathy) का अर्थ होता है 'हमदर्दी'। एक मित्र किसी तरह परेशानी में है तो दूसरा मित्र– "मैं समझता हूँ तुम्हें कैसा महसूस हो रहा है।" यह सहानुभूति है। समानुभूति (Empthy) का मतलब है– "तुम्हें जो महसूस हो रहा है वह मुझे भी महसूस हो रहा है।"

यह दोनों ही आवश्यक मन की भावनाएँ हैं। लेकिन इन दोनों में दूसरे के भावों को महसूस करना अधिक महत्वपूर्ण है, यानि कि समानुभूति ज्यादा जरूरी है। जब हम मित्रों के मनोभावों को समझने लगते हैं तो हमारे रिश्ते अटूट हो जाते हैं।

मनोभावों को समझने के बारे में एक दिलचस्प उदाहरण प्रस्तुत है–

एक बालक को पिल्लों से बड़ा प्रेम था, वे उसे बहुत अच्छे लगते थे।

पिल्ले को वह अपना दोस्त बनाना चाहता था। अतः वह पिल्ला खरीदने जानवर की एक दुकान पर गया। वहाँ उसने देखा कि पांच पिल्ले एक ओर उछल–कूद कर मस्ती कर रहे हैं लेकिन एक पिल्ला दूसरी ओर एक कोने में अकेला गुमसुम बैठा हुआ है।

बालक ने दुकानदार से पिल्ले की कीमत पूछी तो उसने बताया कि हर–एक पिल्ला 3000 रुपये का है। बालक ने दुकानदार से यह भी पूछा, "एक पिल्ला अकेला क्यों बैठा है?" तो दुकानदार ने कहा कि "वह पिल्ला अपंग होने के कारण बिकाऊ नहीं है।" बालक ने दुकानदान से पूछा कि "उस पिल्ले में क्या कमी है?" दुकानदार ने बताया कि "पिल्ले की एक टांग जन्म से ही बेकार है।" जिज्ञासावश बालक ने दुकानदार से प्रश्न किया कि "जब यह पिल्ला बिकाऊ नहीं है तो फिर उसका आप क्या करेंगे?" दुकानदार ने कहा कि "इसे जहर देकर हमेशा के लिए सुला दिया जायेगा।"

बालक ने दुकानदार से पूछा कि "क्या वह उस पिल्ले को अपनी गोद में उठा सकता है?" "क्यों नहीं?" दुकानदार ने उत्तर दिया। बालक ने पिल्ले को अपनी गोद में उठा लिया और पिल्ला बालक के कान और उसके आस–पास चाटने लगा। यह देखकर बालक ने उसी समय निर्णय कर लिया कि वह इसी पिल्ले को खरीदेगा। दुकानदार ने तो उस पिल्ले को बेचने से मना कर दिया था, किन्तु बालक की जिद के कारण दुकानदार पिल्ला देने के लिए मान गया। लेकिन दुकानदार ने बालक से पूछा कि "तुम इस पिल्ले को क्यों लेना चाहते हो?" बालक ने बगैर कोई उत्तर दिए अपने दायें पैर की पेन्ट उठाई, उसका पैर आर्टिफिशियल था, उसने बेस लैग पहन रखी थी।

दुकानदार ने कहा, "मैं समझ गया।" तुम इस पिल्ले को ले जा सकते हो। इसी को भावनाएँ समझना कहा जाता है।

उपरोक्त उदाहरण के संदर्भ में निम्न दो पंक्तियाँ कितनी सटीक बैठती हैं–

दोस्ती करो ऐसी करो, रंग में रंग मिल जाए
ज्यों हल्दी चूना मिले लाल रंग हो जाए।

सहिष्णुता और सद्भावना

सहिष्णुता से सद्भावना और मित्रता उत्पन्न होती है जबकि असहिष्णुता विवादों को जन्म देती है। इस बारे में देखिए दो प्रसंग–

एक बार दो वीर योद्धा एक नाले के पास विपरीत दिशाओं से पहुँचे। नाला एक साथ पार नहीं किया जा सकता था। प्रत्येक की जिद थी कि वह नाला पहले पार करेगा। बस इसी जिद ने विकराल रूप धारण कर लिया। दोनों की तलवारें म्यानों में से निकल गई और एक–दूसरे पर वार कर दिया। इसका नतीजा यह हुआ कि दोनों दस मिनट में ही नाले में मृत पाये गए।

इसी प्रकार दूसरा उदाहरण है, जब उत्तेजना का मुकाबला सहिष्णुता से किया गया तो दुश्मन दोस्त बन गए।

बरसात का समय था, रास्ते में पानी भर गया था। केवल मकानों के सहारे एक पगडंडीनुमा रास्ता चलने योग्य रह गया था। एक ओर से अपराधी प्रवृति का एक हब्शी आ रहा था और दूसरी ओर से लार्ड चेस्टरफील्ड आ रहे थे। दोनों आमने–सामने थे। हब्शी जोर से चिल्लाया– मैं किसी दुष्ट व्यक्ति के लिए रास्ता नहीं छोड़ता। लार्ड चेस्टरफील्ड तुरन्त बोल पड़े– परन्तु मैं हमेशा छोड़ता हूँ। यह कह कर लार्ड चेस्टरफील्ड नीचे गीली सड़क पर उतर गए। लार्ड चेस्टरफील्ड के इस तरह के व्यवहार से हब्शी पानी–पानी हो गया। उसने लार्ड चेस्टरफील्ड से क्षमा मांगी और मैत्री–भाव से पहले उन्हें पगडंडी पर चलने के लिए विवश कर दिया।

आत्मीयता या अपनेपन का अहसास

सच्ची मित्रता में आत्मीयता या अपनेपन का भाव होता है। जहाँ अपनापन नहीं वहाँ मैत्री कैसे कायम रह सकती है? व्यक्ति अपनों के प्रति उदार होता है, अपने प्रिय परिजनों की खुशी और हित कामना का उसे ध्यान रहता है। मित्र के लिए भी ऐसा ही होना चाहिए। ऐसा भाव है या नहीं इसकी परख यह है कि पीठ पीछे वह उसके सम्बन्ध में कैसे भाव व्यक्त करता है? सामने, एकान्त में निन्दा आलोचना वह कर लेगा पर पीठ पीछे प्रशंसा ही करेगा। दूसरों के मन पर मित्र के व्यक्तित्व की अच्छी तस्वीर अंकित करना मित्र का कर्तव्य है, क्योंकि प्रतिष्ठा भी सोने–चांदी की तरह एक सम्पत्ति है। किसी को रुपयों का नुकसान पहुंचाना या उसकी प्रतिष्ठा नष्ट करना एक समान है। समाज में जिसकी प्रतिष्ठा घट

जायेगी उसे दूसरे का सहयोग कम मिलेगा। फलस्वरूप आर्थिक हानि भी होगी। कोई व्यक्ति अपने सच्चे हितैषी को बिना वजह धन की हानि पहुंचाना पसंद नहीं करता, उसी प्रकार सच्चा मित्र भी उसकी प्रतिष्ठा कम नहीं कर सकता। तुलसीदासजी ने कहा है–

"गुण प्रकटै अवगुणहि दुरावा"

यानि मित्र के गुणों को प्रकाश में लाना, उसके अवगुणों पर समाज में पर्दा डालना, पर अकेले में पूरी तरह सुधारने का प्रयास करना अच्छे मित्र का कर्तव्य है।

किसी ने ठीक ही कहा है–

वह दोस्त मेरी नजर में बहुत मायने रखते हैं,
वक्त आने पर सामने मेरे जो आईने रखते हैं।

दोस्ती के कुछ गुण सीखें बच्चों से भी

बच्चे जितने अच्छे मित्रता के गुणों से परिपूर्ण होते हैं उतने गुणवान मित्र और वयस्क साथी भी सिद्ध नहीं होते। कहा गया है कि ''दोस्त सच्चा, सरल और निष्कपट होना चाहिए, लेकिन ऐसे गुणों वाले दोस्त इस दुनिया में बहुत कम मिलते हैं। हमें ज्यादातर दोस्त मिलते हैं, वे किसी–न–किसी स्वार्थवश हमारे निकट आते हैं और जब उस स्वार्थ या परिस्थिति में ढीलापन आने लगता है तो आत्मीयता के बंधन ढीले पड़ने लगते हैं। कई बार तो ये सम्बन्ध इतने कटु हो जाते हैं कि पक्का या जिगरी दोस्त भी दुश्मन बन जाता है और दोस्ती शत्रुता में बदल जाती है।''

दोस्त में जो गुण होना चाहिए वे बच्चों में मौलिक रूप में देखे जा सकते हैं। हमारी दृष्टि में अपने बच्चों की मित्रता अधिक उपयोगी और निश्चित हो सकती है।

विश्व कवि रविन्द्रनाथ टैगोर का कथन है– ''परमात्मा की पवित्रता और निश्छलता यदि कहीं है तो उन्हें मैंने बच्चों में पाया। बच्चों को मैं अपने जीवन का प्रेरणा स्त्रोत मानता हूँ।''

पंडित जवाहरलाल नेहरू को बच्चे कितने प्यारे थे यह सर्वविदित है। एक जगह उन्होंने कहा था– ''मैं इस संसार में अपने मित्रों के कारण बहुत सुखी हूँ। ये जो भोले–भाले बच्चे हैं ये ही हमारे प्रिय मित्र या सखा हैं। दोस्ती के बारे में इनसे बहुत कुछ सीखा जा सकता है।''

3

दोस्त : कई बीमारियों के स्पेशलिस्ट डॉक्टर

एक अच्छा मित्र एक दवा के जैसा ही होता है पर मित्रों का अच्छा ग्रुप पूरे मेडिकल स्टोर जैसा होता है।

अकेलापन कोई परिस्थिति नहीं है, यह तो एक आदत है। अगर आपको अपने सिवा और किसी में कोई रुचि नहीं है, अगर आप अपने माहौल से अलग–थलग रह कर ही सुकून महसूस करते हैं, अगर आप एकाकी बैठ कर कल्पनाएँ करने में ही आनंद लेते हैं, अगर आप समूह में बेचैनी महसूस करते हैं और वहाँ से भाग कर ही राहत की सांस लेते हैं, अगर आपको दूसरे सभी लोग धोखेबाज और स्वार्थी नजर आते हैं तो निश्चित मानिए कि आप मानसिक रूप से अस्वस्थ हैं। ऐसा व्यक्ति समूह में घुलमिल नहीं सकता। उसकी दूसरों से पटरी नहीं बैठ सकती है। वह आशंकाओं और दुश्चिंताओं से घिरा रहते हुए हमेशा अपने आपको दुःखी महसूस करता है।

मेलजोल और चर्चा दूर करती - तनाव और चिन्ता

कोलम्बस स्थित ओहिया स्टेट विश्वविद्यालय (यू.एस.) के मनोवैज्ञानिक एवं प्राध्यापक डॉ. जैनिक ग्लेसर ने योरोपीयन सोसाइटी ऑफ ह्यूमन रीप्रोडक्शन एण्ड एम्ब्रिपोलाजी की मासिक पत्रिका ह्यूमन रीप्रोडक्शन में हाल ही प्रकाशित अनुसंधान रिपोर्ट में कहा है कि ''जब हम एक–दूसरे से मेलजोल और बातचीत करते हैं तब हमारे शरीर में ऐसे हार्मोन्स रिलीज होते हैं जो शरीर का विकास करते हैं, उनमें उपस्थित न्यूरोकेमिकल हमारे तनाव, कुंठा, चिंता और थकान को दूर करते हैं।''

अनुसंधानकर्ताओं को अकेलेपन के शिकार तथा सामाजिक मेलजोल रखने वाले लोगों के 'रक्त परीक्षण' में महत्वपूर्ण अन्तर का पता चला

है। अकेलेपन से ग्रस्त लोगों के रक्त में बीमारियों के वायरसों को मारने वाले श्वेत रक्त कण की क्रियाशीलता में कमी देखी गई। उनके शरीर में एड्रेलिन जैसे हारमोनों का रिसाव अधिक पाया गया, जो तनाव पैदा करते हैं।

इसलिए किसी ने क्या खूब कहा है–

थोड़ी-थोड़ी गुफ्तगू दोस्त से करते रहिए,
जाले लग जाते हैं अकसर बंद मकानों में।

केलिफोर्निया यूनिवर्सिटी के शोधकर्ताओं द्वारा अपने हालिया अध्ययन के आधार पर यह दावा किया है कि लम्बी उम्र जीने के लिए सिर्फ स्वस्थ खान–पान अपनाना और नियमित व्यायाम करना ही काफी नहीं है। दोस्ती का दायरा बढ़ाना भी बेहद जरूरी है। शोधकर्ताओं ने यह भी पाया कि दोस्तों से गपशप तनाव घटाने का सबसे बेहतरीन जरिया है। जिन लोगों को पांच छः दोस्तों का साथ हासिल होता है उनमें तनाव, बेचैनी और स्ट्रोक का खतरा पांच गुना कम होता है।

दोस्ती बढ़ाती याददाश्त और दिमागी क्षमता

पिछले दिनों इंग्लैण्ड की आक्सफोर्ड यूनिवर्सिटी में किए गए शोध में पाया गया कि हमारे मस्तिष्क का आकार हमारे दोस्तों–परिचितों की संख्या के अनुसार बढ़ता है।

अनुसंधान में बंदरों पर किए गए इस प्रयोग में 23 बंदरों को अलग–अलग छोटे–बड़े समूहों में अलग–अलग पिंजरों में रखा गया। पिंजरे में बंदर का रुतबा इस बात से तय होता है कि वह अपने साथियों में कितने के साथ दोस्ती स्थापित करता है।

बंदर जब यह नई दोस्ती और जान पहचान कर रहे थे तब वैज्ञानिक उनके दिमाग की एम.आर.आई. स्कैनिंग कर उनका अध्ययन कर रहे थे। उन्होंने पाया कि बन्दरों के दिमाग के उन हिस्सों में वृद्धि हो रही है जो सामाजिक स्तर पर संबंधों से जुड़े हैं। औसतन हर नई पहचान के फलस्वरूप मस्तिष्क में 5 प्रतिशत से कुछ अधिक वृद्धि देखी गई।

अब यहां प्रश्न यह उपस्थित होता है कि नई पहचान बनने से मस्तिष्क को बड़ा होने की आवश्यकता क्यों पड़नी चाहिए।

वैज्ञानिकों का मानना है कि ऐसा इसलिए होता है कि व्यक्ति (इस मामले में बंदर) को अधिक लोगों के चेहरे के भाव हाथों की मुद्राएं, आवाज के उतार–चढ़ाव आदि के अर्थ समझने की आवश्यकता पड़ती है। इस आवश्यकता की पूर्ति के लिए दिमाग को अपना विस्तार करना पड़ता है।

इस शोध से स्पष्ट होता है कि दिमाग की वृद्धि के लिए दोस्ती की कितनी महत्वपूर्ण भूमिका है।

दोस्तों के बीच रहना हमें डिमोशिया यानी भूलने की बीमारी से बचाने तथा अच्छी याददाश्त रखने में भी मद्दगार होता है।

डिमोशिया की बीमारी से लोगों को रोजमर्रा के काम में दिक्कत होने लगती है। इस मतिभ्रम के चलते इंसान दिशाओं और रास्तों के बारे में भूलने लगता है। 2012 में किए गए एक वैज्ञानिक अध्ययन में पाया गया कि अकेलेपन या एकाकी जीवन जीने वाले लोगों में डिमोशिया की मानसिक बीमारी बढ़ने का खतरा अधिक रहता है।

डेली मेल के अनुसार वियना विश्वविद्यालय में हुए शोध में वैज्ञानिकों ने पाया कि जब कोई व्यक्ति अपने किसी दोस्त का आलिंगन करता है तो उसके रक्त में ऑक्सीटोसिन हार्मोन प्रवाहित होने लगता है। जो ब्लड प्रेशर, तनाव कम करता है और याददाश्त बढ़ाता है। वैज्ञानिकों ने कहा है कि ऑक्सीटोसिन की व्यवहार में बड़ी भूमिका है।

मित्रता या दोस्ती के बारे में किसी ने ठीक ही कहा है –

देखी जो नब्ज मेरी
हँसकर बोला वो हकीम
जमाले महफिल पुराने दोस्त के साथ
तेरे हर मर्ज की दवा वही तो है।

दिल और अच्छी सेहत का नुस्खा

अनुसंधानकर्ताओं ने अपने अध्ययन एवं शोधों द्वारा यह निष्कर्ष निकाला है कि मनुष्यों को दोस्तों के बीच रहना न केवल उनके बल्कि उनके दिल के लिए भी अच्छा है क्योंकि एकाकी जीवन बिताने वालों का दिल धोखा दे सकता है।

दिल और दुनिया के संबंध लेकर अमेरिका में जो शोध हुए हैं उनमें

यह पाया गया कि जिन व्यक्तियों के परिवार और मित्रों के साथ घनिष्ठ सम्बन्ध नहीं होते उनके रक्त कणों का स्तर उच्च होता है, जो कि सूजन का लक्षण है।

इस अध्ययन से जो महत्वपूर्ण बात उभर कर आयी है वह यह है कि मिलजुल कर रहना दिल के लिए तो भला है ही, सामान्य रूप से अच्छी सेहत का नुस्खा है। अतः दोस्तों से दिल से जुड़ कर रहें, सामाजिक, धार्मिक सम्मेलन में हिस्सा लेते रहें।

इसलिए एक ऑपेन हार्ट सर्जरी की यूनिट के बाहर लिखा था–

"अगर आप दिल खोल लेते अपने यारों के साथ
तो आज नहीं खोलना पड़ता औजारों के साथ।"

जिन्दगी को बेहतर बनाते दोस्त

अमेरिका के मिशीगन स्टेट यूनिवर्सिटी के शोधकर्ताओं ने दोस्ती और पारिवारिक रिश्तों पर जो अध्ययन किया उसका निष्कर्ष निकालते हुए प्रो. विलियम चौपिक का कहना है–

"आपके साथ आपके आसपास रहने वाले कुछ अच्छे दोस्त आपकी जिन्दगी को बेहतर बना सकते हैं। वे स्वस्थ रहने के लिहाज से भी सबसे बड़े शुभचिन्तक बन सकते हैं। इसलिए हमारे लिए मित्रता में निवेश करना सबसे अच्छी बात है। इसके अतिरिक्त दोस्त हमेशा आपको खुश रखते हैं। वे हमें सकारात्मक बनाते हैं और निराशा आदि बातों से दूर रखते हैं। अकेले होने और परिवार से दूर होने पर भी वे हमारी ज्यादा मदद करते हैं। वे हमारे पारिवारिक रिश्तों में तनाव को भी दूर करने में सहायता करते हैं।"

सुप्रसिद्ध साहित्यकार रामचन्द्र शुक्ल का कथन है–

''सच्ची मित्रता में उत्तम वैद्य सी निपुणता और परख होती है, अच्छी–से–अच्छी माता का धैर्य और कोमलता होती है, ऐसे ही मित्रता जिन्दगी को बेहतर बनाती है।''

उबारते, असफलता जनित धक्के के अवसाद से

अवसाद या डिप्रेशन आज के प्रगतिशील तेजगति की जीवनशैली की

उत्पत्ति है जिससे शायद ही कोई अछूता बचा हो। अवसाद का शिकंजा आज बच्चों और बुजुर्गों से लेकर युवाओं पर भी कसता जा रहा है।

अवसाद निराशा पैदा करने वाला एक गंभीर मनोरोग है। जिसके कारण कभी–कभी रोगी आत्महत्या तक कर लेता है। हमारे देश में हर आयु वर्ग के लोगों द्वारा की जाने वाली आत्महत्या का प्रमुख कारण अवसाद है।

एक अध्ययन में पाया गया कि इस परिस्थिति में सबसे ज्यादा मद्दगार दोस्त होते हैं। रैडबोर्ड यूनिवर्सिटी निजमेगा (नीदरलैंड्स) में साइक्लोजी के प्रोफेसर मैरीटिक सेन नालरेवन का कहना है–

''माना कि दोस्त ऐसे स्ट्रेस का पूरी तरह खात्मा नहीं कर सकते, लेकिन वे इसे काफी हद तक कम करके जिन्दगी को आसान बना सकते हैं और अपने दोस्तों को असफलता के धक्के से उबार सकते हैं।''

किसी शायर ने ठीक ही कहा है–

जिन्दगी एक हसीन ख्वाब है जिसमें जीने की चाहत होनी चाहिए
अवसाद अपने आप चला जायेगा, सिर्फ दोस्तों की संगत होनी चाहिए।

इसलिए किसी ने क्या खूब लिखा है–

विटामिन की दवाओं की आपको जरूरत जरूर होगी साहब
मेरे लिए तो मेरे दोस्तों का साथ ही काफी है।

दोस्त स्वस्थ और दीर्घायु बनाते

यूनिवर्सिटी ऑफ नार्थ कैरोलीना की समाजशास्त्री यांग क्लोअप कहती है कि ''जिन लोगों की मजबूत सामाजिक संबंध और मित्रता बनाए रखने की आदत है उनकी एकांकी लोगों की तुलना में असमय मृत्यु की संभावना कम होती है। आयु पर सामाजिक संबंधों का असर एक्सरसाइज से दुगना पड़ता है।'' यांग क्लोअप और उनकी टीम ने अपने अध्ययनों में तीन लाख लोगों के सामाजिक संबंधों व सेहत से जुड़े आंकड़ों की जांच–पड़ताल की थी। समाजशास्त्री यांग का मानना है कि दोस्तों के साथ रहने और मेलजोल रखने से स्ट्रेस के शिकार कम होते हैं। स्ट्रेस सेहत का सबसे बड़ा शत्रु है।

यांग और उनके सहयोगी समाज शास्त्रियों ने उपरोक्त अध्ययन के अलावा चार बड़े तुलनात्मक अध्ययन भी किए। इनमें 12 से 91 वर्ष तक

के हजारों लोग शामिल थे। शोधकर्ताओं ने बॉडी मास इंडेक्स, ब्लड प्रेशर, कमर का घेरा और इन्फलेमेशन मार्कर (Inflamation Marker), सी–रिएक्टिव प्रोटीन (C-reactive protien) का स्तर इन चार बायोमार्कस की तुलना दोस्तों के बीच रहने वाले और अलग–थलग रहने वाले लोगों के बीच की, तो पाया कि एकाकी स्वभाव वालों की हैल्थ रिपोर्ट दोस्तों के साथ रहने वालों की तुलना में काफी कमजोर थी।

किसी शायर ने क्या खूब कहा है–

खींच कर उतार देते हैं, उम्र की चादर
ये कम्बख्त दोस्त कभी बूढ़ा नहीं होने देते,
दोस्तों से रिश्ता रखा करो, जनाब
तबीयत मस्त रहेगी, ये वो हकीम हैं जो
अल्फाज से इलाज कर दिया करते हैं।

4

मित्र विहीन इंसान - गंध रहित फूल

जिन्दगी हमें बहुत खूबसूरत दोस्त देती है।
लेकिन अच्छे दोस्त हमें खूबसूरत जिन्दगी देते हैं।

''मित्रता के बिना कोई भी जीना पसंद नहीं करेगा, चाहे उसके पास बाकी सब अच्छी चीजें क्यों न हो।''

- अरस्तु

मित्र विहीनता या अकेलापन हमारी खुशियों को तो समाप्त कर देता है, पीड़ा को बहुत अधिक बढ़ा देता है। ठीक उसके विपरीत, मित्रों के साथ होने में हमारी खुशियाँ हजार गुना बढ़ जाती हैं और मुसीबतें हजार गुना हल्की होकर बट जाती हैं। यही कारण है कि जेल जाना एक सजा है क्योंकि जेल हमें अपने दोस्तों से अलग कर देती है। वे कितने नादान हैं जो मित्र विहीनता की कैद में रहते हैं।

बहुत से लोग अपनी जीवन यात्रा अकेले–अकेले पूरी कर लेते हैं। इस यात्रा में सहयात्रियों पर हर्ष और शोक के अवसर आते हैं किन्तु वे अप्रभावित रहते हैं, उन्हें स्वयं को मुसीबतें झेलनी पड़ती हैं, किन्तु वे कहीं से सांत्वना और सहानुभूति नहीं पा सकते। कभी–कभी उनके साथ आनंददायक घटनाएँ भी घटती हैं। सुखद अवसर भी आते हैं किंतु किसी से मित्रता न होने के कारण उन्हें कभी हर्ष और उल्लास महसूस नहीं होता। इस जीवन यात्रा में उन्हें सफलता भी मिलती है, पुरस्कार भी मिलते हैं और उत्सव–त्यौहार भी आते हैं। मगर वे शून्य में ताकते रहते हैं और जीवन इसी तरह बीत जाता है। ऐसे लोग मेले में भी अकेले ही रहते हैं। न वे किसी की जिन्दगी में झांकने की कोशिश करते हैं, और न कोई उनकी तरफ मुड़ कर देखता है।

मित्र विहीन जीवन के बारे में किसी ने क्या खूब कहा है–

मित्र विहीन जीवन है तो यूं ही निकल जायेगा
खुशहाली में हुआ पैदा, पर अंधकार में भटक जायेगा।

भीड़ में तन्हा-सा इंसान

आज की व्यस्त दुनिया में जब सब अपने–अपने में मगन हैं वहाँ अकेलापन एक अभिशाप और बीमारी बनता जा रहा है। आप बहुत से लोगों के बीच में रहते हैं तब भी भीड़ में अकेले हो सकते हैं क्योंकि साथ चलते हुए भी आत्मिक जुड़ाव नहीं होता।

अकेलेपन के बारे में किसी शायर ने लिखा है–

कहने को आपका शहर मेरा भी शहर है
इस शहर के भीतर का खालीपन देखिए।
मिलते नहीं आपस में हम दिल खोल कर
इस भीड़ में तन्हा सा हर इंसान देखिए।

अकेलेपन के शिकार आदमियों के बारे में सुप्रसिद्ध शायर निदा फाजली ने ठीक ही कहा–

हर तरफ हर जगह बेशुमार आदमी
फिर भी तन्हाईयों का शिकार है आदमी।

अकेले आदमी को न पूरी तरह सुख का आनन्द आता है, न ही वह दुःख की पीड़ा झेल सकता है।

चाहे शादी–विवाह का अवसर हो या जन्मदिन की दावत, त्यौहार मनाया जा रहा हो या पदोन्नति की खुशी, पुरस्कार जीत लेने की प्रसन्नता हो या चुनाव में सफल होने का आनंद, सभी अवसरों पर हम अपने पड़ोसियों, रिश्तेदारों और परिचितों को इकट्ठा कर लेते हैं और सामूहिक दावत के रूप में ही हमारे अंदर का आह्लाद उमड़–घुमड़ कर बरसता है। ऐसे बहुत कम लोग होंगे जो बिल्कुल अकेले ही सिनेमा, सर्कस या नाटक देखने जाते हों या फिर अकेले ही पर्यटन अथवा यात्रा पर निकल जाते हों।

उसी तरह, रोग, शोक, मृत्यु, दुर्घटना और सभी प्रकार की विपत्तियों तथा दुःखों के मौकों पर भी लोग इकट्ठे हो जाते हैं। बेशक इससे हमारी हिम्मत–अफजाई होती है, हमें सांत्वना मिलती है और मन हलका

हो जाता है और हमें लगता है कि हम अकेले और असहाय नहीं हैं। ऐसे अवसरों पर यदि सामूहिकता न हो तो हम दुःख–दर्द की पीड़ा को बर्दाश्त न कर सकें और घबरा कर अपना मानसिक संतुलन बिगाड़ लें।

अकेलेपन की कैद से छुटकारा पाएँ

अगर आप किसी भी कारण से अकेलेपन की कैद में गिरफ्त हैं, तो खुद को मुक्त करने का प्रयास कीजिए। मित्रों का होना हमारे व्यक्तित्व और ज्ञान के विकास के लिए बेहद जरूरी हैं। मैत्री, प्रेम और मिलनसारिता जीवन को सुखी बनाती है। आनंद देती है, इसलिए आपके पास कम–से–कम एक–दो ऐसे सच्चे मित्र होना जरूरी हैं, जिनके सामने आप अपने मन के सुख और दुःख दिल खोल कर बता सकें, जो आपको सही सलाह दे सकें ओर आपकी कमजोरियों का मज़ाक न उड़ाएँ। ऐसे मित्र बनाने के लिए पहले आप अपने मन की गांठों को खोलकर मिलनसार और खुशमिजाज बनने का प्रयत्न कीजिए, दूसरों के सुख के साथ–साथ दुःख को भी बांटने का प्रयास कीजिए। दूसरों की गलतियों को माफ करने की कोशिश कीजिए और कमियों को नजरअंदाज कीजिए फिर देखिए आपको कितनी खुशियाँ मिलती हैं, जो खुशी आप दूसरों को निःस्वार्थ–भाव से देते हैं, वो हजार गुना होकर आपके पास लौट आती हैं।

इन्सान को सबसे ज्यादा परेशानी इस बात से होती है कि उसे कोई पसंद नहीं करता या किसी को उसकी जरूरत नहीं है। जिस इन्सान को जितना ज्यादा पसंद किया जाता है या जिसकी लोगों को जितनी ज्यादा जरूरत होती है, वह इन्सान उतना ही परिपूर्ण इन्सान बन जाता है। “अकेला” आदमी या एकाकी व्यक्तित्व या सबसे कटा हुआ इन्सान इतना दुःख उठाता है जिसका बयान करना मुश्किल है। आत्मरक्षा में वे अपने आप में दुबक जाते हैं। उनके अंदरूनी, अंतर्मुखी स्वभाव की वजह से उनका सामान्य विकास नहीं हो पाता जो बर्हिमुखी और दूसरों की तरफ उन्मुख व्यक्ति अनुभव करता है। जब तक व्यक्ति अपने खोल से बाहर नहीं निकलता तथा किसी और के लिये मूल्यवान नहीं बनता, तो वह बीमार पड़ सकता है और मर भी सकता है। न चाहे जाने या जरूरत न होने की भावना से कुंठा, बुढ़ापा और बीमारी भी तेजी से आती है।

अगर आपको लग रहा है कि आप बेकार हैं, किसी को आपकी जरूरत नहीं है, कोई आपको नहीं चाहता, आपका कोई यार दोस्त नहीं है तो आपको इस बारे में कुछ–न–कुछ करना चाहिये। यह न सिर्फ जीने का निराशाजनक तरीका है, बल्कि यह मनोवैज्ञानिक रूप से खतरनाक तरीका भी है। जो लोग तन्हाई की समस्या से वास्ता रखते हैं उन्हें इस समस्या और इसके दुर्भाग्यपूर्ण परिणामों का खमियाजा उठाना पड़ता है।

किसी शायर ने ठीक ही कहा है–

जहाँ यार याद न आए वो तन्हाई किस काम की,
बिगड़ते रिश्ते न बने वो खुदाई किस काम की ।
बेशक अपनी मंजिल तक जाना है पर जहाँ से,
अपना दोस्त न दिखे वो ऊँचाई किस काम की।

पर्यटन बेहद नीरस दोस्तों बिना

कोई पांच साल पहले हमारे दफ्तर के कुछ लोग और हमारे कुछ पड़ोसी पर्यटन के लिए सपरिवार घर से निकले। भारत दर्शन का यह कार्य रेल–यात्रा द्वारा किया गया। हम कोई 40 सदस्य थे, हमारा भ्रमण 35 दिन चला। हम लोगों में एक थे महेन्द्र और दूसरे थे पंकज। महेन्द्र चुपचाप रहने वाले गंभीर प्रकृति के व्यक्ति थे। मैंने उन्हें इस यात्रा के दौरान किसी से हंसते–बोलते नहीं देखा। हमारे दल के लोगों से भी उन्होंने परिचय नहीं किया। गाड़ी में बैठे हुए अकसर उपन्यास पढ़ते रहते थे या फिर शून्य दृष्टि से खिड़की के बाहर ताकते रहते थे। किसी से आँख मिलते ही निगाहें नीची कर लेते या सिर खुजाते हुए दूसरी तरफ नजर घुमा लेते। कभी बात भी करते तो अपनी बच्ची और पत्नी से।

पंकज बड़े उत्साही व्यक्ति थे। थोड़े से समय में ही सभी 40 सदस्यों में वे ऐसे घुलमिल गए जैसे वर्षों से एक ही परिवार में रहते आए हों। सदा हंसमुख रहते थे। अक्सर ट्रेन के डिब्बे में बैठे सभी लोगों से बातचीत और हंसी–मज़ाक करते रहते थे। 35 दिन की अवधि में उनकी अधिकांश लोगों से दोस्ती हो गई। सहयात्रियों से उनका चायपान का आदान–प्रदान चलता रहता था।

इस यात्रा के दौरान बने हुए नए मित्रों के पते एवं फोन नम्बर उन्होंने

अपनी डायरी में लिखे जिनसे उनका पत्र–व्यवहार आज भी चलता है। मैं आज भी सोचता हूँ अगर पंकज हमारे यात्रा दल के साथ न होते तो हमारा पर्यटन कितना नीरस होता।

यात्रा दल के एक साथी ने अपनी डायरी में क्या खूब लिखा –

हमारी दोस्ती हमेशा याद आयेगी
कभी चेहरे पर हंसी, तो कभी आँखों में आंसू लायेगी।
भूलना भी चाहोगे तो कैसे भुलाओगे
हमारी कोई बात तो होगी जो हमेशा याद आयेगी।

दोस्त के अभाव में विवाह का प्रस्ताव ठुकराया

एक बहुत बड़ा तालाब था। उसके किनारे पर एक मोर रहता था, और वहीं पास में एक मोरनी भी रहती थी।

एक दिन मोर ने मोरनी के समक्ष प्रस्ताव रखा कि हम दोनों विवाह कर लें तो कैसा अच्छा रहेगा?

मोरनी ने पूछा, "तुम्हारे दोस्त कितने हैं?" मोर ने कहा, "उसका कोई दोस्त नहीं है।" तो मोरनी ने विवाह से इन्कार कर दिया।

मोर सोचने लगा सुखी रहने के लिए दोस्त बनाना भी आवश्यक है। उसने एक शेर से, एक कछुए से और शेर के लिए शिकार का पता लगाने वाली टिटहरी से दोस्ती कर ली।

जब उसने यह बात मोरनी को बतायी तो वह तुरन्त विवाह के लिए तैयार हो गयी। पेड़ पर एक घोंसला बनाया, उसमें अंडे दिए, और भी कितने ही पक्षी उस पेड़ पर रह रहे थे।

एक दिन शिकारी आए। दिन–भर कहीं उन्हें शिकार न मिला तो वे उसी पेड़ की छाया में ठहर गए और सोचने लगे कि पेड़ पर चढ़ कर अण्डे–बच्चों से भूख बुझाई जाए। मोर दम्पत्ति को भारी चिन्ता हुई, मोर मित्रों के पास सहायता के लिए दौड़ा। बस क्या था– टिटहरी ने जोर–जोर से चिल्लाना शुरू कर दिया। शेर समझ गया कोई शिकार है। वह उसी पेड़ के नीचे चला जहाँ शिकारी बैठे थे। इतने में कछुआ भी पानी से निकलकर बाहर आ गया। शेर से डरकर भागते हुए शिकारियों ने कछुए को ले चलने की बात सोची, जैसे ही हाथ बढ़ाया कछुआ पानी

में खिसक गया। शिकारियों के पैर दल–दल में फंस गए। इतने में शेर आ पहुंचा और उन्हें ठिकाने लगा दिया।

मोरनी ने मोर से कहा– मैंने विवाह के पूर्व दोस्तों की संख्या पूछी थी, सो बात काम की निकली न, यदि दोस्त न होते तो आज हमारी खैर न थी।

किसी शायर ने ठीक ही कहा है–

यार से ऐसी यारी रख दुःख में भागीदारी रख
चाहे लोग कहें कुछ भी तू तो जिम्मेदारी रख
वक्त पड़े तो काम आने की पहले अपनी बारी रख
मुसीबत तो आयेगी, पूरी अब तैयारी रख।

मित्रता सभी रिश्तों में अनमोल और आदर्श होती है। मित्र किसी भी व्यक्ति की अनमोल पूंजी है। जीवन में हमेशा अच्छे और सच्चे दोस्तों की आवश्यकता जीवन के हर कदम पर पड़ती है।

अथाह दौलत भी प्यार और सम्मान नहीं दिला सकी

हावर्ड ह्यूज संसार के सबसे अमीर लोगों में से एक था। उसके हाथ में हजारों व्यक्तियों की किस्मत की डोर थी, मगर उसकी जिन्दगी में सुख नाम की कोई चीज नहीं थी। वह लगभग आधा पागल था। उसकी सारी सम्पत्ति भी उसे अपने सहयोगियों का प्यार सम्मान नहीं दिला सकी। अधिकतर कर्मचारी उससे नफरत करते थे। क्यों?

एक पुरानी कहावत है कि ''ईश्वर ने हमें वस्तुएँ इसलिए दी हैं ताकि हम उनका इस्तेमाल करें, और लोग इसलिए दिए हैं ताकि उनके साथ जुड़कर आनन्द उठा सकें।'' ह्यूज लोगों के साथ आनन्द उठाना कभी नहीं सीख पाया। उसका कोई मित्र नहीं था। उसकी जिन्दगी में दिल का कोई स्थान नहीं था। उसकी रुचि सिर्फ मशीन, टेक्नोलॉजी, हवाईजहाज और धन में थी और इतनी प्रबल थी कि मानवीय रिश्तों के लिए कोई जगह ही नहीं बची थी।

किसी ने ठीक ही कहा है–

रिश्ता होने से रिश्ता नहीं बनता
रिश्ता निभाने से रिश्ता बनता है

दिमाग से बनाए हुए रिश्ते बाजार तक चलते हैं
और दिल से बनाए रिश्ते आखिरी सांस तक चलते हैं।

इसलिए जिन्दगी के हर मोड़ पर हमें वही करना चाहिए जो हमारा दिल हमसे कहे, क्योंकि जो दिमाग कहता है वो 'मजबूरी' होती है और जो दिल कहता है वो 'मंजूरी' होती है।

दोस्ती के बिना जीवन रसहीन और गंधारहित फूल

जीवन पर्यन्त यानी बचपन से लेकर वृद्धावस्था तक दोस्ती का स्थान अत्यंत महत्वपूर्ण है। दोस्ती के बगैर जीवन फीका–फीका रसहीन और गंधरहित फूल के समान लगता है। बिना दोस्तों के हम सांस तो लेते हैं। पर शायद जिन्दगी नहीं जी पाते हैं। दोस्ती के बारे में Whatsapp पर प्राप्त एक दिलचस्प विवरण यथावत प्रस्तुत है।

एक पल के लिये सोचो कि यदि दोस्त न होते तो क्या हम ये कर पाते–

नर्सरी में गुम हुये पानी की बॉटल का ढक्कन कैसे ढूंढ पाते।
LKG में ABCD लिखकर होशियारी किसे दिखाते।
UKG में आकर हम किसकी पेन्सिल छुपाते।
पहली में बटन वाला पेन्सिल बाक्स किसे दिखाते।
दूसरी में गिर जाने पर किसका हाथ सामने पाते।
तीसरी में Absent होने पर कॉपी किसकी लाते।
चौथी में दूसरे से लड़ने पर डांट किसकी खाते।
पांचवी में फिर अपना लंच हम किसे चखाते।
छठी में टीचर की पिटाई पर हम किसे चिढ़ाते
सातवीं में खेल में किसे हराते/किससे हारते
आठवीं में बेस्ट फ्रेंड कह कर किससे मिलवाते
नवमी में बीज गणित के सवाल किससे हल करवाते
दसवीं में बॉयलाजी के स्केचेज किससे बनवाते
ग्यारहवीं में बाहर जाने पर आंसू किसके कंधे पर बहाते
मोबाइल नं. से लेकर 'उसके भाई कितने हैं' कैसे जान पाते।
मम्मी–पापा, दीदी या भैया की कमी कैसे सह पाते।

हर रोज कॉपी या पेन भूलकर कॉलेज कैसे जाते
'अबे बता' परीक्षा में ऐसी आवाज किसे लगाते
'जन्मदिनों' पर केक क्या हम खुद ही अपने चेहरे पर लगाते
कॉलेज बंक कर पिक्चर किसके साथ जाते
'उसके घर' के चक्कर किसके साथ लगाते
डिग्री मिलने की खुशी हम किसके साथ बांटते
घर में होने वाली शादियों में हम किसके कंधों पर भार देते।
ऐसी–ही अनगिनत यादों को हम कैसे जोड़ पाते।
किसी शायर ने क्या खूब कहा है–

सूरज के बिना सुबह नहीं होती,
चांद के बिना रात नहीं होती
बादल के बिना बरसात नहीं होती
ये दोस्त तेरी याद के बिना
दिन की शुरूआत नहीं होती।

5

दोस्तों का कोई विकल्प नहीं

बच्चे वसीयत पूछते हैं रिश्तेदार हैसियत पूछते हैं।
वो दोस्त ही हैं जो मेरी खैरियत पूछते हैं।।

परिवार में सभी संबंधी होने पर भी उसे एक ऐसे व्यक्ति की आवश्यकता होती है जिससे वह दिल खोलकर सब बातें कह सके।

परिवार के सदस्यों की भी कुछ सीमाएँ होती हैं। कुछ बातें ऐसी होती हैं जो केवल पिता से कही जा सकती हैं। कुछ बातें ऐसी होती हैं जिन्हें केवल माता से ही कह सकते हैं। कुछ बातें भाई–बहनों को बताई जा सकती हैं। कुछ बातों में पत्नी से सलाह ली जा सकती है। कुछ बातों में घर के अन्य वयोवृद्ध सदस्यों से सलाह ली जा सकती है, परन्तु वे सभी बातें चाहे अच्छी हों या बुरी हों, गुण की हों या अवगुण की, हित की हों या अहित की, यदि किसी से दिल खोलकर कही जा सकती हैं तो केवल दोस्तों से।

दोस्ती के बारे में किसी ने क्या खूब कहा है–

दोस्ती तो जिन्दगी का वो खूबसूरत लम्हा है
जिसका अन्दाज पारिवारिक रिश्ते से भी अलबेला है
जिसे मिल जावे वो खुशनसीब है
जिसे न मिले वह अकेला है।

पत्नी अथवा परिवार के अन्य सदस्य मित्रों का स्थान नहीं ले सकते। हम हर विषय पर उनसे विचार विमर्श नहीं कर सकते। पति–पत्नी के संबंधों की सीमाओं में जो बातें आती हैं, उनके अलावा अन्य बातों पर उनसे आपसी विचार–विमर्श नहीं कर पाते। न ही परिवार के सदस्य हमें सही सलाह दे सकते हैं, क्योंकि हमारे विशेष पारिवारिक सम्बन्धों के कारण वे हमारे पक्ष में झुके होते हैं और निष्पक्ष विवेकपूर्ण निर्णय कर ही नहीं सकते। सच्चा मित्र हमारे दूसरे अहं की तरह होता है, जो किसी–भी समस्या पर एक विश्वसनीय मित्र का दृष्टिकोण जान कर, उस समस्या को समझ लेता है।

किसी शायर ने क्या खूब कहा है–

दोस्ती हमेशा यकीन पर ही टिकी होती है,
यह दीवार बड़ी मुश्किल से खड़ी होती है।
कभी फुरसत मिले तो पढ़ना किताब रिश्तों की
दोस्ती खून के रिश्तों से बड़ी होती है।

हर व्यक्ति में कमजोरी होती है। उसके चरित्र में दोष पाए जाते हैं। जिन बातों और सिद्धान्तों का वह प्रत्यक्ष समर्थन करता है, परोक्ष रूप में चुपके–चुपके उनके विपरीत भी काम करता है। इस तरह की गुप्त बातें कुछ–न–कुछ हर व्यक्ति के संबंध में होती हैं। उन्हें यदि सार्वजनिक रूप से उजागर किया जाए, तो उस व्यक्ति की प्रतिष्ठा धूमिल हो जाती है और समाज में घृणा का पात्र बनकर बदनाम होता है। यदि उन गुप्त बातों को वह मन में दबाए रखता है तो मनोवैज्ञानिकों का कहना है कि इससे उसके स्वास्थ्य पर बुरा प्रभाव पड़ेगा। वह कई तरह के शारीरिक और मानसिक रोग से ग्रस्त हो सकता है।

यदि व्यक्ति अपने दोषों, बुराईयों और कमजोरियों का या बुरे कर्मों का सच्चा चिट्ठा अपने विश्वसनीय और सच्चे मित्र के सामने प्रकट कर दे और कोई भी बात छिपा कर न रखे तो उसका मन हल्का, बहुत हल्का हो जाता है और शारीरिक और मानसिक समस्याओं से छुटकारा पाने में मद्द मिल सकती है। जिसका मुकाबला दुनिया की कोई कीमती–से–कीमती औषधि नहीं कर सकती।

सच्चे मित्र के सामने अपनी बुराईयों, कमजोरियों और भूलों को मनुष्य कह सकता है। वह बिना घृणा किए उन्हें सुन सकता है और गुप्त रख सकता है। इस प्रकार कमजोरियों और बुराईयों को गुप्त रखने से व्यक्ति के मन पर जो अत्यंत हानिकारक भार पड़ता है, वह विश्वसनीय मित्र को सुना देने से अनायास ही हट जाता है। वे सच्चे मित्र जो आपस में एक–दूसरे की गुप्त बातें कह सुनकर मन का भार हल्का कर लेते हैं। साथ ही जिन परिस्थितियों में भूलें हुई हैं उनका वास्तविक कारण जानकर उनके निराकरण का सही उपाय भी वह मित्र बता सकता है।

मित्र सिर्फ मित्र होते हैं

किसी ने प्रश्न किया– ''मित्रों में ऐसी कौन–सी विशेषता है जो रिश्तेदारों से भी बढ़कर होती है।''

उत्तर मिला– ''मित्र सिर्फ मित्र होते हैं, वे सगे, चचेरे, ममेरे, फुफेरे, मोसेरे और सौतेले नहीं होते हैं।''

मित्र मल्लाहों की तरह होते हैं

एक सच्चा मित्र हमेशा अपने मित्र को सन्मार्ग पर चलने की प्रेरणा देता है। वह कभी नहीं देख सकता कि उसकी आँखों के आगे ही उसके मित्र का घर बर्बाद होता रहे, उसका साथी पतन के मार्ग पर अग्रसर होता रहे, कुवासनाएं और दुर्व्यसन उसे अपना शिकार बनाते रहें। कुरीतियाँ उसका शोषण करती रहें। वह उसे समझा बुझा कर लाड़ से, स्नेह से, प्यार से और फिर प्यार की मार से किसी–न–किसी तरह उसे उस मार्ग को छोड़ने के लिए विवश कर देगा। गोस्वामी तुलसीदास ने मित्र की पहचान बतायी है उसमें एक यह भी है–

कुपंथ निवारि सुपन्थ चलावा।
गुण प्रकटाहिं अवगुण दुरावा।

तात्पर्य यह है कि यदि कोई झूठ बोलता है, चोरी करता है, धोखा देता है, या उसमें उसी प्रकार की कोई बुरी आदत है, तो एक सच्चे मित्र का कर्तव्य है कि वह उसे सन्मार्ग पर चलने की प्रेरणा दे। उसे उसके दोषों के प्रति जागरूक कर दे, तथा उनके दूर करने का निरन्तर प्रयास करता रहे।

इस संसार में कम–से–कम एक व्यक्ति तो ऐसा होना चाहिए जिसके सामने आप सहज भाव से अपना दिल खोलकर रख सकें। जिससे आपको मज़ाक उड़ाए जाने या नाराज होने का डर न हो और जो आप को किसी–भी समस्या को ठण्डे दिमाग से सुलझाने के लिए अपना सुझाव दे सके।

इसीलिए कहा भी गया है–

"मित्र उन मल्लाहों की तरह होते हैं जो आपके जीवन की नाव को टेढ़े–मेढ़े रास्तों पर से निकाल कर सुरक्षित मंजिल तक पहुंचाने में मार्गदर्शन करते हैं।"

उत्सवों को रंगा-रंग बनाते दोस्त

त्यौहार या उत्सव मनुष्य का आमोद–प्रमोद है। एक संजीवनी शक्ति है। वह सामाजिक समरसता का जनक है और जीवन को मधुर, सुन्दर एवं तनाव मुक्त रखने का एक संस्कार है। लेकिन मित्रों के बिना रूखा, रसहीन और अधूरा ही रहता है।

बुरा न मानो होली है, हम यारों की टोली है

होली रंगों का त्यौहार माना जाता है। स्नेह भरा रंग जीवन की खुशियों का स्नेहिल साथ और हंसी–मज़ाक, व्यंग्य मित्रों में एक अलग ही उत्साह भर देता है। बदलते वक्त के साथ भी होली के रंग फीके नहीं पड़े। आज भी हर स्त्री–पुरुष रंगों में रम जाते हैं। क्या मस्ती होती है। क्या बच्चा क्या वृद्ध सभी रंगों में डूबे दिखाई देते हैं। हर व्यक्ति हंसता है? और हंसाता है, मज़ाक तथा व्यंग्य करता है। कभी–कभी तो ऐसी व्यक्तिगत बातें कह डालता है जो होली के अलावा अन्य किसी मौके पर नहीं कही जा सकतीं। साथ ही लोग यह कहते सुनाई देते हैं– **बुरा न मानो होली है, हम यारों की टोली है।** इसका मतलब ऐसी बातें क्षम्य हैं। किसी ने क्या खूब कहा है –

होली रंगों का त्यौहार है नाचो गाओ
जीवन का एक उत्सव है खुशी मनाओ।

होली पर दोस्त ग्रुप बनाकर निकलते हैं एक–दूसरे के घर जाते हैं। एक–दूसरे पर रंग डालते हैं, चेहरे पर भी गहरा रंग चुपड़ देते हैं। कभी–कभी तो ऐसा भी होता है कि व्यक्ति को आसानी से पहचानना भी कठिन होता है। कुछ दोस्त ऐसे भी होते हैं जो अपने जीवन में तो कई रंग बदलते रहते हैं किन्तु होली के मौके पर रंगों से एलर्जी होने का बहाना बनाकर उससे बचना चाहते हैं, ऐसे लोगों के बारे में किसी शायर ने क्या खूब कहा है–

अजीब दास्तां है लोगों की
रोज रंग बदल बदल कर जीते हैं, और
होली पर कहते हैं, मुझे रंग (कलर) से एलर्जी है।

आपका परिवार कितना भी बड़ा क्यों न हो लेकिन होली का आनन्द और मस्ती बिना मित्रों के अधूरी ही रहेगी। परिवार मित्रों का स्थान नहीं ले सकता। स्पष्ट है यदि आपका कोई मित्र नहीं है तो आप अपने आप को अकेला ही महसूस करेंगे ओर होली का हर्षोल्लास नहीं मना पाएँगे, जैसा कि किसी शायर ने कहा है–

आप अकेले बोल तो सकते हैं परन्तु बातचीत नहीं कर सकते,
आप अकेले आनन्दित हो सकते हैं परन्तु उत्सव नहीं मना सकते।
अकेले आप मुस्करा तो सकते हैं परन्तु हर्षोल्लास नही मना सकते
हम सब एक दूसरे के बिना कुछ भी नहीं कर सकते।
यही तो दोस्ती की खूबसूरती है।

मिर्ज़ा ग़ालिब ने भी क्या खूब लिखा है–

दोस्तों के साथ जी लेने का मौका दे दे खुदा
तेरे साथ तो मरने के बाद भी रह लेंगे।

तुम्हारा क्या कोई दोस्त नहीं है?

लड़का या लड़की का विवाह भले ही पारिवारिक मामला हो लेकिन विवाह के समय लड़के–लड़की के मित्रों और सहेलियों की भूमिका बड़ी महत्वपूर्ण होती है। यदि किसी का कोई मित्र नहीं है तो उसे विवाह–विवाह जैसा ही नहीं लगेगा। यही नहीं कई बार तो रिश्तेदार एवं अन्य लोग सीधे दूल्हा या दुल्हन से पूछ बैठते हैं क्या तुम्हारा कोई दोस्त नहीं है? या फिर इस प्रकार से पूछते हैं कि तुम्हारा कोई मित्र नज़र नहीं आ रहा है? ऐसी स्थिति में दूल्हा या दुल्हन निरुत्तर होकर अपने आपको असहाय महसूस करते हैं।

विवाह के अवसर पर कई नेगाचार होते हैं। जिनमें हास्य–व्यंग्य भरपूर मात्रा में होता है। जिनका आनन्द वर–वधू दोनों पक्षों के लोग एवं दोस्त उठाते हैं। वर पक्ष के लोग जब वधू पक्ष के द्वार पर पहुंचते हैं तो वधू पक्ष की महिलाएँ और वधू की सहेलियाँ, समधन तथा दूल्हा के अन्य निकटतम रिश्तेदारों को टारगेट बना कर उन्हें कई उपाधियों से सम्मानित कर उनके ऊपर मीठी–मीठी गालियों की बौछार करती हैं। कभी–कभी तो प्रश्न वाचक गालियाँ भी होती हैं जिनका उत्तर वर पक्ष के लोगों को

देना होता है। मीठी–मीठी गालियाँ और प्रश्नों को सुनकर वर एवं वधू दोनों पक्षों के लोगों में हंसी का फव्वारा छूट पड़ता है।

सालियों द्वारा जीजाजी के जूते चुराई की रस्म भी बड़ी दिलचस्प होती है। इसमें नेग के रुपयों के लेन–देन पर बड़ी नोक–झोंक होती है। यदि इस मौके पर दूल्हे के मित्र न हों तो सालियों और दुल्हन की सहेलियों के प्रश्नों और व्यंग्यबाणों की बौछार अकेले दूल्हे को झेलनी पड़ती है और ऐसी स्थिति में दूल्हा अपने आपको लाचार अनुभव करता है और दूसरों की निगाह में बेचारा बनता है।

बारात और जनाजा एक समान

बारात में तो मित्रों की विशेष भूमिका रहती है। बारात के प्रोसेशन में दूल्हे की घोड़ी के आसपास दो–चार मित्र न हो तो दूल्हे का उत्साह ठंडा ही रहता है। प्रोसेशन के समय दोस्त लोग भरपूर डान्स–गानों से प्रोसेशन की शोभा बढ़ाकर उसमें जान डाल देते हैं। इस बारे में एक शायर ने क्या खूब लिखा है–

दोस्त हो तो रोने में भी शान है
दोस्त न हो तो महफिल भी शमशान है
सारा खेल दोस्ती का है, मेरे दोस्त
वरना बारात और जनाजा एक समान है।

प्रथम मिलन पर पत्नी के पैर दबाने का नेग

व्यक्ति दोस्तों से व्यवहारिक ज्ञान सीखता है, रीति–रिवाजों की जानकारी प्राप्त करता है, उसका कॉमन सेन्स डव्लप होता है लेकिन किसी व्यक्ति के दोस्त ही नहीं हैं तो दोस्तों के अभाव में कभी–कभी ऐसी हास्यप्रद स्थिति निर्मित हो जाती है, जिसके कारण उसे हास्य का पात्र बनकर शर्मिन्दगी उठानी पड़ती है। ऐसी ही एक सत्य घटना प्रस्तुत है–

आज से लगभग 55 वर्ष पूर्व की सत्य घटना है जब मैं भोपाल के हमीदिया कॉलेज में एम. कॉम. में अध्ययनरत था। अध्ययन के दौरान रहने के लिये जुमेराती बाजार में एक कमरा ले रखा था। मकान मालिक का

लड़का सीधा–सादा आत्मकेन्द्रित और दुनियादारी से बेखबर था। उसका विवाह तय हो गया। बारात उत्तर प्रदेश के एक कस्बे में जानी थी। बारात में मैं भी गया था। साथ ही मध्यप्रदेश के मंत्रिमण्डल में उपमंत्री रहे एक सज्जन भी थे।

दूल्हा मेरा मित्र था। मेरी बात मानता था तथा मेरे ऊपर विश्वास भी करता था, किन्तु कई बार अटपटी बातें करके वह अपने आपको हंसी का पात्र बना लेता था।

बारात में जैसा कि होता है जाते समय बस में हंसी–मज़ाक होती रही। लौटने पर भी हुई लेकिन कम। मैं बराबर दूल्हे के साथ बना रहा।

बारात भोपाल लौटने के दौरान हमने उसके प्रथम मिलन के मौके पर एक दिलचस्प मज़ाक करने की योजना बनाई। मैंने सभी बातें मित्रों को समझा दी कि ''अगर गोविन्द तुम से कुछ पूछे तो तुम बड़ी गंभीरता से मेरी बात का समर्थन करना।''

दूल्हा नेगाचार के बारे में मुझसे पूछता रहता था, उसने पूछा कि ''प्रथम रात्रि को क्या नेग होता है?'' मैंने कहा कि ''लड़की को उपहार दिया जाता है और बाद में उसके पैर दबाकर उसकी सेवा करनी होती है।'' उसे मेरी पैर दबाने वाली बात अटपटी लगी, वह कहने लगा कि ''माहेश्वरी क्या ऐसा भी करना होता है।'' मैंने कहा कि ''तुम इस नेग में चूक मत करना हालांकि वह इसका विरोध करेगी, कहेगी कि 'स्वामी ऐसा करके आप मुझे पाप में क्यों डाल रहे हो?' यहां तक कि वह रोने भी लग सकती है लेकिन तुम्हें अपना कर्तव्य पूरा करना है, अन्यथा भविष्य में वह तुम्हारी सेवा नहीं करेगी।'' मेरी बातें उसको समझ में तो आ रही थीं किन्तु पूरी तरह गले नहीं उतर रही थीं। उसने एक दो मित्रों से और पूछा, उन्होंने भी वही कहा जो मैंने कहा था। अब तो उसे पक्का विश्वास हो गया कि प्रथम रात्रि को पत्नी के पैर दबाने का नेग होता है। मैंने उसे उसके कमरे में जाते–जाते और स्मरण करा दिया।

सुबह होने पर सबसे पहले वह मेरे पास आया और बोला कि माहेश्वरी तुम सच कहते थे उसने मेरे पैर दबाने का बहुत विरोध किया और कहने लगी कि ''मुझसे ऐसा काम कराकर क्यों पाप का भागी बनाते हो।'' वह रोने भी लगी, लेकिन मैं नहीं माना, मैंने गुस्से में कहा कि ''आज तो

तुमको मुझसे पैर दबवाना ही पड़ेंगे यह नेग है।'' मेरा चेहरा देखकर वह सहम गई और बाद में कुछ विरोध नहीं किया। मैंने लगभग 40 मिनिट तक उसके पैर दबा कर सेवा की। उसने आगे कहा कि ''अब तो मेरा अच्छा इम्प्रेशन रहेगा।'' तब मैंने मुस्कुराकर कहा, ''अच्छा नहीं, बहुत अच्छा रहेगा।'' इस बात को लेकर हम सभी मित्र लम्बे समय तक हंसते रहे।

पर्यटन का आनंद परिपूर्ण नहीं

पर्यटन आज आधुनिक जीवन शैली का एक अंग बन चुका है। पर्यटन हेतु घूमने–फिरने जाना अब किसी व्यक्ति विशेष की सीमा के दायरे में नहीं, बल्कि हरेक व्यक्ति की सीमा में आ गया है। अब सामान्य व्यक्ति भी पर्यटन का भरपूर आनन्द ले सकता है, अपनी आर्थिक क्षमता के अनुसार इसका लाभ उठा सकता है।

आज के युवा, पर्यटन पर तीर्थयात्रा को छोड़कर, माता–पिता के साथ जाना पसंद नहीं करते। वे अपनी मित्र मण्डली के साथ ही जाना चाहते हैं। युवाओं के अलावा बड़ी उम्र के लोग भी हम–उम्र लोगों का साथ चाहते हैं। शायद ही कोई व्यक्ति ऐसा हो जो अकेला ही पर्यटन पर निकलता हो, क्योंकि पर्यटन का आनन्द, मौज–मस्ती तो मित्रों के साथ जाने में ही है।

लेटिन ने ठीक ही कहा है–

"दुनिया में किसी-भी चीज का आनन्द परिपूर्ण नहीं होता जब तक कि वह किसी मित्र के साथ न लिया जाए।"

6

दोस्ती है जहाँ, स्वर्ग है वहाँ

''जो सच्ची मित्रता कायम करने में सफल नहीं हो सकता उसे स्वर्ग की प्राप्ति नहीं हो सकती।''

- दार्शनिक कार्लाइल

मित्रता तो विशुद्ध हृदय की अभिव्यक्ति है। जिसमें छलकपट या मोह की भावना नहीं रहती। जिसके हृदय में मैत्री भावना विराजमान रहती है, उसके हृदय में प्रेम, सहानुभूति, दया, करुणा, संवेदना जैसे गुणों का विकास होता है। जिसने मैत्री भावनाएँ प्राप्त कर ली उसके लिए यह संसार ही स्वर्ग के सदृश्य है।

सुप्रसिद्ध दार्शनिक सिसरो ने कहा है–

''मनुष्य के लिए इस संसार में मित्रता से अधिक कुछ भी मूल्यवान नहीं है।''

जिन व्यक्तियों में आपस में आत्मीयता का भाव रहता है, उनमें एक दूसरे के लिए असाधारण आकर्षण रहता है। एक आत्मा को दूसरी स्वजातीय चेतन आत्मा का सान्निध्य प्राप्त करके जो सुख मिलता है वह अवर्णनीय है।

धनवान व्यक्ति धन और सम्मान का आकांक्षी सम्मान पाकर खुश होता है, कलाकार को कलामय वस्तुएँ देखने में रस आता है, इन्द्रियाँ अपने–अपने विषय भोगों में संतुष्ट रहती हैं। आत्मा को भी अपना स्वजातीय चाहिए। कोई आत्मा जब किसी दूसरी आत्मा का स्पर्श करती है तो दोनों में असाधारण आनन्द पैदा होता है। एक अनुपम तृप्ति का अहसास होता है कि अमुक व्यक्ति मेरा सच्चा हितैषी है, मुसीबत के आड़े वक्त में काम आयेगा, मेरे लिए उसके मन में सच्चा आदरभाव एवं आत्मभाव है। इस प्रकार की कल्पना से व्यक्ति के अंतःस्थल में एक उल्लास, संतोष और आनन्द का आर्विभाव होता है। बेजान चीजें एक और एक मिलकर दो

होती हैं, परन्तु दो सजीव आत्माओं का एकीकरण होने से एक और एक मिलकर ग्यारह हो जाते हैं। इसी से तो स्वर्गीय सुख की अनुभूति होती है। स्वर्ग और है क्या? यही तो स्वर्ग है।

गालिब ने तो यहां तक कहा है–

दोस्तों के साथ जी लेने का मौका दे दे, खुदा
तेरे साथ तो मरने के बाद भी रह लेंगे।

दोस्ती से होता स्वर्ग का निर्माण

एक बार एक जिज्ञासु शिष्य ने अपने गुरुदेव से अत्यंत ही विनम्रतापूर्वक निवेदन किया कि– ''मैं स्वर्ग और नरक देखना चाहता हूँ।'' गुरुदेव ने शिष्य से कहा– ''ठीक है वत्स, तुम अपनी आँखें बंद कर लो।'' गुरुदेव की आज्ञानुसार शिष्य ने आँखें बंद कर ली। शिष्य द्वारा आँखें बंद करने के कुछ ही देर बाद गुरुदेव ने कहा– ''अब तुम आँखें खोल लो।'' जब शिष्य ने आँखें खोली तब उसने अपने को एक द्वार के सामने खड़ा पाया। द्वार पर लिखा हुआ था– ''यह नरक है।'' गुरुदेव उस द्वार की ओर चल दिए शिष्य भी गुरुदेव का संकेत पाकर उनके पीछे चल दिया। अन्दर पहुंच कर शिष्य ने जो दृश्य देखा वह बड़ा ही हृदय विदारक था। वहाँ मौजूद सभी व्यक्तियों की स्थिति बहुत दयनीय थी। हर–एक व्यक्ति के हाथ में एक लम्बा चम्मच बंधा हुआ था। और उसके सामने कई तरह के व्यंजन यानी खाने योग्य पदार्थ रखे हुए थे, वे लोग अपने चम्मचों से खाने की सामग्री तो ले सकते थे परन्तु इस स्थिति में नहीं थे कि उस चम्मच को अपने मुंह तक ले जा सकें। विडम्बना यह थी कि खाने योग्य विविध प्रकार की सामग्री सामने होते हुए भी वे लोग भूखे थे और भूख के मारे व्याकुल थे। उनकी दर्द भरी पुकार सुनकर शिष्य एक दम विचलित हो गया। यह दृश्य असहनीय था उसने अपनी आँखें बन्द कर ली।

आँखें खोलने पर शिष्य ने अपने को एक अन्य द्वार के सामने खड़ा पाया। द्वार पर अंकित था– ''यह स्वर्ग है।'' गुरु ने शिष्य से कहा– ''आओ चलें इसके भीतर।'' भीतर जाकर शिष्य ने देखा कि वहाँ वे ही सब लोग उपस्थित थे, जिनको उसने नरक में देखा था। इस समय वे अत्यंत हृष्ट–पुष्ट और प्रसन्न दिखाई दे रहे थे। उनके हाथों में उसी

तरह के लम्बे–लम्बे चम्मच बंधे हुए थे और खाने की वही चीजें सामने रखी थीं। केवल एक अन्तर था, वे लोग चम्मच में सामान रखकर स्वयं खाने का प्रयत्न न करके मैत्री भाव से एक दूसरे को खिला रहे थे क्योंकि चम्मच सामने बैठे व्यक्ति के मुंह तक सरलतापूर्वक पहुंच सकता था।

हम स्वार्थबद्ध होकर केवल अपना ही सोचकर कष्ट उठाते हैं। और जहाँ भी होते हैं, वहाँ नरक बना लेते हैं। परन्तु परस्पर सहयोग और दोस्ती से हम अपने और दूसरे व्यक्ति को खुशियाँ देकर स्वर्ग का निर्माण कर लेते हैं।

दोस्ती के बारे में किसी शायर ने क्या खूब कहा है–

महक दोस्ती की इश्क से कम नहीं होती
सिर्फ इश्क पे दुनिया खत्म नहीं होती।
साथ मिल जाए कुछ सच्चे दोस्तों का
फिर जिन्दगी स्वर्ग से कम नहीं होती।

नर्क में भी स्वर्ग का अहसास कराती दोस्ती

छः लड़कियां एक शहर में एक बूचड़खाने में काम कर रही थीं। उनका काम कटे हुए सुअरों के भीतर के अंगों और आंतड़ियों को साफ करने का था। काम का स्थान भी घिनौना था। उन्हें घर के निचले हिस्से में काम करना पड़ता था, जो हमेशा ठंडा, नम और असुविधाजनक था। फर्श खून और सुअरों की आंतड़ियों से ढका रहता था। निचला भाग दुर्गंधयुक्त था। एक नया डॉक्टर इस नरकीय दृश्य को देख कर भयभीत हो गया। उसने आदेश दिया कि "नरक जैसी जगह में काम कर रही इन युवतियों को कहीं अन्यत्र स्थान पर काम दिया जाए।"

पर लड़कियों ने इसका विरोध किया। उन्होंने यह स्पष्ट करने को कहा कि "उन्हें अन्यत्र क्यों स्थांतरित किया जा रहा है? जबकि वे अच्छे से अपना काम कर रही हैं।" उनका विरोध इतना दृढ़ और आग्रह भरा था कि व्यवस्थापकों को अपना आदेश वापिस लेना पड़ा।

लड़कियों को अपने काम के प्रति इसलिए प्रेम था क्योंकि उन्होंने काम करने वालों का एक सुखद वर्ग बना लिया था। वे आत्मीय भाव से घनिष्ठ मित्र हो गई थीं। काम करते हुए सारे दिन वे बातें करतीं, गाने

गातीं, कहानियां कहती रहतीं और गपशप करती रहती थीं। वहाँ का सामाजिक वातावरण बड़ा लुभावना और दोस्ताना था, इसलिए काम करने की निकृष्ट दशाओं की ओर उन का ध्यान ही नहीं था। उन्हें अपने काम के प्रति भी बड़ा गर्व था। जिसे वे बड़ा चातुर्यपूर्ण समझती थीं। इसके साथ ही उनका निरीक्षक एक आदर्श निरीक्षक था जिसका व्यवहार पूरी तरह से मीठा और मित्रवत था। इस प्रकार पूरा का पूरा वातावरण सुखद और दोस्ताना था। जिसके कारण नरकीय स्थान में भी उन्हें स्वर्ग का अहसास होता था।

किसी ने ठीक ही कहा है–

"मिठास मुंह में घुले तो स्वाद, दिलों में घुले तो प्यार, मौसम में घुले तो बहार और मित्रों में घुले तो जिन्दगी स्वर्ग बन जाती है।"

स्वर्ग और नरक का निर्माता कौन?

स्वर्ग का वर्णन करते हुए जैसा कि कथा–पुराणों में बताया गया है वैसा कोई विशेष लोक नहीं है, और न ही किसी ग्रह–नक्षत्र में नरक है, जैसा यमदूतों द्वारा उत्पीड़न दिए जाने के कथा–विवरणों में बताया जाता है। वास्तव में स्वर्ग और नरक इन दोनों का अस्तित्व इसी लोक में है।

अच्छे और सच्चे मित्रों के साथ स्वर्ग का सृजन मनुष्य के अपने हाथ में है। उत्कृष्ट चिंतन और आदर्श कर्तव्य अपनाकर कोई भी व्यक्ति स्वर्गीय आनन्द का रसास्वादन कर सकता है। ठीक इसी प्रकार नरक का सृजन है। दुर्बुद्धि वाले मनुष्य अपनी दूषित दृष्टि और दुष्प्रवृत्तियों के कारण अच्छे वातावरण के बीच भी विक्षोभ उत्पन्न करते हैं और नरक का निर्माण करते हैं। परिस्थितियां नहीं मनःस्थिति ही हमें नरक में डुबोती है और वह ही स्वर्ग के शिखर पर चढ़ाती है। नरक को नीचे पाताल और स्वर्ग को ऊपर आसमान में बताया गया है। इसका तात्पर्य इतना ही है कि पतित और निकृष्ट लोगों की संगत या दोस्ती के कारण व्यक्ति दुःखद अनुभूतियों और परिस्थितियों से घिरा रहता है और यमदूतों द्वारा उत्पीड़न दिए जाने जैसी पीड़ा सहता है।

एक अच्छे और सच्चे दोस्त के संदर्भ में किसी शायर ने क्या खूब कहा है–

ना सर पर ताज चाहिए ना दुनिया पर राज चाहिए
मुझे तो सिर्फ हर जन्म मैं आप जैसा दोस्त चाहिए।

स्वर्ग के प्रवेश द्वार पर दो प्रश्नों के उत्तर

मिस्र में एक दंतकथा प्रचलित है कि ''अगर कोई व्यक्ति स्वर्ग में प्रवेश पाना चाहता है तो स्वर्ग के प्रवेश द्वार पर उसे दो प्रश्नों के उत्तर देने होते हैं। अगर आपने दोनों प्रश्नों के उत्तर 'हाँ' में नहीं दिए तो आपको स्वर्ग में प्रवेश नहीं मिलता। इसमें पहला प्रश्न है– क्या आपने जीवन में मित्रों के बीच रहकर खुशी और आनन्द का अनुभव किया है? और दूसरा प्रश्न है– क्या आप अपने आसपास के लोगों और मित्रों को खुशी बांटी है? इन दोनों प्रश्नों के लिए आपका उत्तर अगर हाँ है तो मैं ये बता दूं कि आप तो पहले से ही स्वर्ग में हैं।''

किसी ने क्या खूब कहा है–

घर आंगन स्वर्ग बनेगा, महक उठेगा जीवन सारा।
मात्र मैत्री-भाव रखना होगा, तब बदलेगी जीवन धारा।

सच्ची संगति का, सच्ची मित्रता का महत्त्व अपार है। गोस्वामी तुलसीदासजी ने उसकी महिमा को अवर्णीय कहा है। उन्हीं के शब्दों में–

तात स्वर्ग अपवर्ग सुख, धारय तुला एक अंग
तूल न ताई सकल मिली, जो सुख लव संग।

दोस्ती के बारे में किसी ने क्या जोरदार बात कही है –

खुदा ने कहा- "दोस्ती न कर,
दोस्तों की भीड़ में तू खो जायेगा"
मैंने कहा- "कभी जमीन पर आकर मेरे दोस्तों से मिल,
तो तू भी ऊपर (स्वर्ग) जाना भूल जायेगा।"

7

दोस्तों में मतभेद, पर मनमुटाव नहीं

दोस्ती चेहरे की मीठी मुस्कान होती है।
दोस्ती सुख-दुःख की पहचान होती है।
रूठ भी जाएं हम तो दिल से मत लगाना।
क्योंकि दोस्ती थोड़ी सी नादान होती है।

दोस्ती दो दिमागों का मिलन नहीं है। यह तो दो दिलों का मेल है। यदि दोस्ती में एक दूसरे से कहा सुनी या बहसबाजी हो जाए तो उसे गांठ बांधकर नहीं रखना चाहिए। उसे क्षमा कर देना चाहिए क्योंकि क्षमा रूपी वायु उसे शीघ्र भुला देगी।

दोस्ती में तू-तू, मैं-मैं

एक बार दो दोस्त साथ–साथ राजस्थान के रेगिस्तान में चले जा रहे थे। रास्ते में दोनों में कुछ तू–तू, मैं–मैं हो गई। बहसबाजी में बात यहां तक बढ़ गई कि उनमें से एक दोस्त ने दूसरे दोस्त के गाल पर जोर से झापड़ मार दिया। जिस दोस्त को झापड़ पड़ा उसे बहुत दुःख तो हुआ किन्तु उसने कुछ कहा नहीं। वह झुका और उसने वहाँ पड़ी बालूरेत पर लिख दिया कि आज मेरे सबसे प्रिय दोस्त ने मुझे झापड़ मारा।

दोनों दोस्त आगे चलते रहे और उन्हें एक छोटा–सा तालाब दिखा और उन दोनों ने पानी में तैर कर नहाने का निर्णय कर लिया। जिस दोस्त को झापड़ पड़ा था, वह दल–दल में फंस गया और डूबने लगा किन्तु दोस्त ने उसे बचा लिया। जब वह बच गया तो बाहर आकर उसने एक पत्थर पर लिखा कि आज मेरे प्रिय दोस्त ने मेरी जान बचाई।

जिस दोस्त ने उसे झापड़ मारा था और फिर उसकी जान बचाई थी, उससे न रहा गया और उसने पूछा कि "जब मैंने तुम्हें मारा था तो तुमने बालू पर लिखा था और जब मैंने तुम्हारी जान बचाई तो तुमने

पत्थर पर लिखा, ऐसा क्यों?'' इस पर दूसरे दोस्त ने जवाब दिया कि ''जब कोई हमारा दिल दुःखाए तो हमें उस अनुभव के बारे में बालू पर लिखना चाहिए। क्योंकि उस चीज को भुला देना ही अच्छा है, क्षमा रूपी वायु उसे शीघ्र ही मिटा देगी किन्तु जब कोई हमारे साथ अच्छा करे, हम पर उपकार करे तो हमें उस अनुभव को पत्थर पर लिख देना चाहिए जिससे उसको कोई जल्दी न मिटा सके।''

इसलिए कहा गया है–

न रिश्तों को तोड़ने का काम कीजिए
जिन्दगी बहुत हसीन है
दिलों को जोड़ने का काम कीजिए।

बहस करें मगर गरिमापूर्ण

संतमुनि तरुणसागरजी का कहना है–

''मित्रों से बहस करें, मगर गरिमापूर्ण। बहस के दौरान पुराने मुद्दों को बीच में न लाएँ। इससे मामला सुलझने की बजाय और उलझ जायेगा। पुराने घाव फिर हरे हो जाएँगे। बहस करिए पर गड़े मुर्दे मत उखाड़िए। क्योंकि मुर्दो में जान नहीं होती। विवाद की दो वजह हुआ करती हैं। गलती या गलतफहमियाँ। आपकी गलती है तो स्वीकार करो या फिर सामने वाले को कोई गलतफहमी हो गई तो उसे दूर करने का इंतजार करो।

किसी शायर ने खूब ही कहा है–

बहसें फिजूल थीं, ये खुला हाल देर में।
अफसोस उम्र कट गई, लफ्ज़ों के फेर में।

अतः अपनी भावनाओं को प्यारे दोस्तों के लिए उनके मरने तक बचाकर मत रखिए। उनकी मृत्यु पश्चात् वो अनकहे शब्द उनकी कब्र पर लिखने से बेहतर है कि आज ही उनसे मिलिए, अपने दिल की बात कहिए और अभी तक के सारे मतभेदों को दूर कीजिए।

दोस्ती में केवल मामूली और मीठा क्रोध ग्राह्य

दोस्ती में कई बार ऐसी अप्रिय स्थितियां भी पैदा हो जाती हैं जब कोई दोस्त कड़वी बात कह जाता है, उसकी प्रतिक्रिया स्वरूप हम भी

क्रोधित हो जाते हैं। किन्तु क्रोध की भी एक सीमा होनी चाहिए। इस बारे में संत मुनि तरुणसागर का कथन बड़ा ही महत्वपूर्ण है–

''क्रोध की कई किस्में हैं। एक 'बेहद क्रोध', जो पत्थर पर खींची गई रेखा के समान होता है। दूसरा 'बहुत क्रोध' है, जो ईंट की रेखा के समान होता है। क्रोध की एक तीसरी किस्म भी है जो 'मामूली क्रोध' कहलाती है। यह क्रोध रेत पर खींची गई रेखा के जैसा हल्का होता है। क्रोध की चौथी किस्म है 'मीठा क्रोध' जो कि जल पर खींची गई रेखा के समान क्षीण होता है। दोस्ती में सिर्फ 'मामूली क्रोध' और 'मीठा क्रोध' ग्राह्य है। 'बेहद क्रोध' त्याज्य है, उससे हर हालत में बचना चाहिए।

क्रोध के बारे में किसी ने कहा है–

जब हो जाता है मनुज पर क्रोध भूत असवार
आँखें बंद होतीं तुरन्त खुलता है मुख द्वार

क्रोध से व्यक्ति की आँखें तो बंद हो जाती है और मुख खुल जाता है जिससे अप्रिय बातें निकलने लगती हैं जो मित्रों के आपसी संबंध को बिगाड़ने का काम करती हैं। अतः जहाँ तक संभव हो क्रोध से बचना चाहिए।

कवि रहीम का कथन है–

रहिमन धागा प्रेम का मत तारेउ चटकाय
टूटे से फिर न जुरै, जुरै तो गांठ परिजाय।

निष्पक्ष भाव से दूसरे के दृष्टिकोण को समझें

दोस्ती में मनमुटाव कटुता का प्रमुख कारण होता है, अपने ही विचारों को पूर्ण सत्य मानना और दूसरे के दृष्टिकोण को ठंडे दिमाग से समझने का धीरज न रखना, सिक्के की तरह मतभेद के भी दो पहलू होते हैं। दोनों आपस में उस वक्त तक नहीं मिलते जब तक कि कोई तटस्थ व्यक्ति उलट–पुलट कर न देख ले। इस बात को स्पष्ट करने के लिए एक सरल सा उदाहरण दिया जा रहा है।

एक मास्टरजी अपनी कक्षा में पढ़ा रहे थे। इसी बीच उन्हें झगड़ने की आवाज सुनाई दी। दो छात्र आपस में झगड़ रहे थे। मास्टर जी ने उनके पास जाकर पूछा तुम लोग क्यों झगड़ रहे हो? दिनेश बोला–

"सर, राकेश अपनी बात को लेकर अड़ा हुआ है और मेरी बात सुनने को भी तैयार नहीं है।" राकेश बोला– "सर, दिनेश जो कह रहा है वह पूरी तरह ग़लत है, इसलिए उसकी बात क्यों सुनूं" और ऐसा कहकर वे तू–तू, मैं–मैं पर उतर आए।

मास्टरजी ने उन्हें बीच में रोकते हुए कहा– "जरा तुम दोनों यहां मेरे पास आ जाओ। दिनेश तुम डेस्क की बायीं ओर और राकेश तुम दाहिने तरफ खड़े हो जाओ।" इस के बाद मास्टरजी ने कपबोर्ड से बड़ी सी गेंद निकाली और डेस्क के बीचों–बीच रख दी। मास्टर जी ने दिनेश से पूछा– "तुम बताओं ये गेंद किस रंग की है?" दिनेश ने कहा– "ये सफेद रंग की है।" मास्टर जी ने फिर राकेश से पूछा– "तुम बताओ ये गेंद किस रंग की है?" राकेश ने कहा– "सर ये तो बिलकुल काले रंग की है।" दोनों ही अपने उत्तर को लेकर पूरी तरह विश्वस्त थे कि उनका उत्तर सही है और एक बार फिर वे गेंद के रंग को लेकर एक दूसरे से बहस करने लगे।

मास्टरजी ने उन्हें शान्त करते हुए कहा– "ठहरो, अब तुम दोनों अपने–अपने स्थान बदल लो और फिर बताओ कि गेंद किस रंग की है।" दोनों ने ऐसा ही किया, पर इस बार उनके उत्तर भी बदल चुके थे। दिनेश ने गेंद का रंग काला तो राकेश ने सफेद बताया। अब मास्टर जी गंभीर होते हुए बोले– "ये गेंद दो रंगों से बनी हुई है, और जिस तरह यह एक जगह से देखने पर काली और दूसरी जगह से देखने पर सफेद दिखाई देती है। उसी तरह हमारे जीवन में भी हर–एक चीज को अलग–अलग दृष्टिकोण से देखा जा सकता है। ये जरूरी नहीं है कि जिस तरह से आप किसी चीज को देखते हैं उसी तरह दूसरा भी देखे। इसलिए अगर हमारे बीच विचारों को लेकर मतभेद हो तो ये न सोचें कि सामने वाला पूरी तरह गलत है बल्कि चीज़ों को उसके नज़रिये से देखने और उसे अपना नज़रिया समझाने का प्रयास करें। इसी संदर्भ में किसी शायर की ये पंक्तियां बड़ी सटीक हैं–

नज़रें तेरी बदली तो नज़ारा बदल गया।
किश्ती ने मोड़ा रुख तो किनारा बदल गया।

रिश्ते खराब होने की एक वजह यह भी है कि लोग अक्सर टूटना पसंद करते हैं पर झुकना नहीं। हमें स्कूल में त्रिकोण, चौकोण, लघुकोण, समकोण और षष्टकोण इत्यादि सब पढ़ाया जाता है पर जो जीवन में हमेशा उपयोगी है वो कभी पढ़ाया नहीं जाता, वो है दृष्टिकोण।

यदि हम निष्पक्ष भाव से दूसरे के दृष्टिकोण को समझने की कोशिश करें तो पाएँगे कि सारे मनमुटाव और झगड़े छिलके पर होते हैं गूदे पर नहीं, यानिकि बेवजह।

दूसरों के दृष्टिकोण पर सहानुभूतिपूर्वक विचार करके ही पारस्परिक समझ का विकास किया जा सकता है। एक दूसरे की मान्यताओं और भावनाओं को सही परिप्रेक्ष्य में समझना ही दोस्ती में प्रगाढ़ता लाने का सबसे उत्तम उपाय है। मतभेद से मनभेद कभी नहीं होने देना चाहिए।

जीत में भी हार और हार में भी हार

जहाँ तक संभव हो मित्रों से बहस करने से बचना चाहिए। वैसे, जो बहस में जीतने का सबसे अच्छा तरीका है उसमें पड़ा ही न जाए। अर्थात् बहस में न पड़ना ही जीतने का सबसे अच्छा तरीका है। बहस करना एक ऐसी चीज़ है जिसे जीता नहीं जा सकता क्योंकि अगर आप जीतते हैं तो भी हारेंगे और आप हारते हैं तो भी हार में भी हार है। हम अगर बहस में जीतते हैं तो दोस्त खो देते हैं तो फिर यह कैसी जीत? दरअसल में बेकार बहसबाजी झूठे अहंकार को जन्म देती है।

आप जितने ज्यादा बहस से जीतते जाते हैं उतने ही मित्र कम होते जाते हैं। प्रश्न यह है कि चाहे आप ठीक भी हैं तो क्या बहस करना उचित है? इसका उत्तर स्पष्ट है, बिल्कुल नहीं। इसका क्या यह अर्थ है कि हमें कोई मुद्दा उठाना ही नहीं चाहिए? अवश्य उठाना चाहिए लेकिन गरिमा, विनम्रता और समझदारी से कुछ निष्पक्ष बात कहते हुए।

अगर जिन्दगी में आपको आगे बढ़ना है या मित्रता को बरकरार रखना है तो छोटी–छोटी बातों और बहस में उलझने से बचना चाहिए।

जहाँ तक राजनीति पर बहस करने का प्रश्न है, राजनीति के चक्कर में आपसी संबंध खराब न करें। अगर आपका कोई मित्र आपसे अलग विचारधारा रखता है तो इसका कतई ये मतलब नहीं है कि वह विरोधी

है। बहस में अहं को न आने दें। याद रखिए मुसीबत में केवल दोस्त ही साथ देते हैं, नेता नहीं। इसलिए राजनीति पर बहस करके अपने दोस्ताना ताल्लुकात न खराब करें, ऐसा न हो कि आप तर्क–वितर्क में जीत जाएँ और आपसी संबंध में हार जाएँ।

आपसी संबंध के बारे में किसी विद्वान का यह कथन महत्वपूर्ण है–

"संबंध कभी हराकर नहीं निभाए जा सकते। संबंधों की खुशहाली के लिए झुकना होता है और स्वयं को हारना होता है।" इस संबंध में किसी शायर ने क्या खूब कहा है–

ऐ मेरे दोस्त, तू मुझे गुनाहगार साबित करने की जहमत न उठा
बस यह बता क्या-क्या कबूल करना है जिससे दोस्ती बनी रहे।

बीती ताय बिसार दे

कुछ लोग मित्रों की अप्रिय बातों को अपनी यादों में संभाल कर रखते हैं। हर अपमान, हर तिरस्कार और हर कटु सत्य शब्द को वे प्राचीन पुरालेख संग्रहालय की तरह अपने दिल में अंकित रखते हैं। वे ऐसी बातों को बार–बार याद करते हैं और बार–बार गुस्से से उबल पड़ते हैं और दुःखी होते रहते हैं।

किसी ने क्या खूब कहा है–

अजीब दस्तूर है लोगों का
अच्छी यादों को तो फोटो और
सी.डी. में संभाल कर रखते हैं।
और खराब, अप्रिय बातों को
दिल में बसा कर रखते हैं।

मित्रता बनाए रखने के लिए– अच्छी यादों का आचार बनाइए और सालों–साल रखिए और बुरी यादों की चटनी बनाइए और दो दिन में खाकर खत्म कर दीजिए।

किसी ने कहा है–

चलिए जिन्दगी का जश्न कुछ इस तरह मनाते हैं,
कुछ अच्छा याद रखते हैं, कुछ बुरा भूल जाते हैं।

बीते समय की कड़वी बातों को भूल जाने की क्षमता और मित्रों की ग़लतियों को सरल भाव से भुला देने की आदत जीवन को सुखमय एवं आनंदपूर्ण बना सकने की पुख्ता गारंटी है। क्षमा रहित कठोर स्वभाव के व्यक्ति मिट्टी के घड़े की तरह एक बार टूट जाने के बाद फिर कभी नहीं जुड़ सकते और रात–दिन ईर्ष्या की अग्नि में जलते रहते हैं। ठीक इसके विपरीत सरल और क्षमाशील लोग धातु के बर्तन की तरह जब भी टूटते हैं बड़ी आसानी से फिर जुड़ जाते हैं। जिन्दगी का सुख और मित्रता की परिपक्वता अपने लोगों सें बार–बार जुड़ने की योग्यता पर ही निर्भर है।

किसी शायर की ये पंक्तियाँ बड़ी सटीक हैं–

कोई टूटे तो उसे सजाना सीखो
कोई रूठे तो उसे मनाना सीखो,
रिश्ते तो मिलते हैं मुकद्दर से
बस एक खूबसूरती से निभाना सीखो।

8

सच्चे दोस्तों की सच्ची कहानियाँ

मैं हमेशा लॉटरी को देखना चाहता था। लेकिन जब मैंने अपने आसपास खूबसूरत दोस्तों को देखा तो मुझे एहसास हुआ कि ईश्वर ने मुझे पहले से ही लॉटरी विजेता बना दिया है।

जिस प्रकार मनुष्य के दोनों हाथ शरीर की अनवरत रक्षा करते हैं, उन्हें कहने की आवश्यकता नहीं होती और न कभी शरीर कहता है कि जब मैं जमीन पर गिरुं तो तुम आगे आना और बचा लेना, लेकिन वे एक सच्चे मित्र की भांति सदैव शरीर की रक्षा में संलग्न रहते हैं। इसी प्रकार आप पलकों को भी देखिए, नेत्रों में एक भी धूलकण चला जाए पलकें तुरन्त बन्द हो जाती हैं। हर मुसीबत से अपने नेत्रों को बचाती हैं। इस प्रकार एक सच्चा मित्र भी बिना कुछ कहे–सुने अपने मित्र का सदैव हित–चिन्तन करता है। प्रस्तुत हैं यहाँ सच्चे दोस्तों की कुछ सच्ची कहानियाँ–

दोस्त, फिर जला ही क्या है?

इन्दौर (म.प्र.) जिले के एक कस्बे में चन्द्रप्रकाश अग्रवाल की जनरल मर्चेन्ट की दुकान थी। ग्राहकों के साथ चन्द्रप्रकाश के अच्छे व्यवहार और दुकान में सामान की अच्छी क्वालिटी रखने के कारण उसकी दुकान ठीक चलती थी। दुकान के ऊपर ही उसका परिवार रहता था। जिस समय की घटना बताने जा रहा हूँ उस समय चन्द्रप्रकाश की पत्नी बच्चों सहित अपने मायके गई हुई थी।

गर्मी के दिन थे। एक रोज दोपहर के लगभग बारह बजे दुकान से आग की लपटें निकलने लगीं ओर देखते–ही–देखते अग्नि ने विकराल रूप ले लिया। दुकान में गैस का सिलेण्डर और अन्य ज्वलनशील पदार्थ भी रखे हुए थे। शायद उसी का यह नतीजा हो, तेजी से आग फैलती

गई। आग को बुझाने के लिए फायर ब्रिगेड तत्काल उपलब्ध नहीं हो सकी। लोग बाल्टियों में पानी भरकर आग बुझाने की कोशिश करते रहे किन्तु यह तो वैसी ही बात थी जैसे कि "ऊँट के मुंह में जीरा।" अल्प समय में ही दुकान और घर दोनों स्वाहा हो गए। चन्द्रप्रकाश अपना सब कुछ जलते हुए लाचार और निरीह निगाहों से देखता रहा। दुकान का बीमा भी नहीं था।

घटना स्थल पर लोगों की भीड़ लगी हुई थी। लोगों का आना–जाना बराबर लगा हुआ था। इस बीच चन्द्रप्रकाश के अभिन्न मित्र जो चन्द्रप्रकाश के कस्बे से लगभग दस किलोमीटर की दूरी पर रहता था, इस घटना की जैसे ही जानकारी मिली, वह फौरन मोटर साईकल उठा कर अपने मित्र के पास पहुंच गया। उस समय चन्द्रप्रकाश और उसके अभिन्न मित्र में जो वार्तालाप हुआ, उसे शब्दों में इस प्रकार व्यक्त किया जा सकता है–

आग लगी थी मेरे घर में, सब पूछने वाले आए,
एक अच्छे मित्र ने पूछा- क्या बचा है?
मैंने कहा कुछ नहीं- केवल मैं बच गया हूँ।
दोस्त ने कहा यार- फिर जला ही क्या है?

चन्द्रप्रकाश की दुकान और मकान जल जाने से वह सड़क पर आ गया था। किन्तु विपत्ति की इस घड़ी में उसके सच्चे मित्र महेश से उसे न केवल मोरल सपोर्ट मिला, बल्कि जब तक उसकी दुकान और मकान का पुननिर्माण नहीं हुआ तब तक के लिए उसे उसकी दुकान के नज़दीक ही खाली पड़ी एक दुकान और रहने के लिए दुकान के नज़दीक ही मकान अपनी गारंटी से किराये पर दिलवाया। चन्द्रप्रकाश और उसके परिवार को एक माह तक अपने परिवार के साथ पूरी तरह अपनेपन से रखा।

उपर्युक्त घटना के संदर्भ में किसी शायर की ये पंक्तियां बड़ी ही सटीक हैं–

जिन्दगी में अपनेपन और एहसासों का बड़ा काम होता है,
दूसरों के गमों को जो अपनाता है वही इंसान होता है।
न जाने कब कोई अंधेरे में किरण बन कर राह दिखा दे
क्योंकि मुसीबत में जो साथ दे वही सच्चा मित्र होता है।

दोस्ती की एक हृदय स्पर्शी कहानी

बचपन के दो दोस्त जोगिन्दरसिंह और बलवीरसिंह स्कूल और कॉलेज में साथ–साथ पढ़े और बाद में दोनों ही एक साथ फौज में भर्ती हो गए। दोनों फौज की एक ही बटालियन में थे। युद्ध छिड़ गया। एक शाम जब जोगिन्दरसिंह शिविर में लौट कर आया तो उसे बलवीरसिंह नज़र नहीं आया। उसने चिन्तित होकर उसके बारे में पूछताछ शुरू की, तो उसके साथियों ने बताया कि वह बुरी तरह घायल हो गया था, इसलिए उनके पास उसे वहाँ छोड़कर आने के अलावा कोई विकल्प नहीं था। अब रात्रि हो गई है, इस समय तक तो शायद मर गया होगा। इतना सुनते से ही जोगिन्दरसिंह परेशान हो गया और अपने दोस्त को वापिस लाने के लिए युद्ध स्थल की ओर जाने लगा। उसे दिल में ऐसा अहसास भी हुआ है कि जैसे कोई उसे पुकार रहा है– ''इधर आओ जोगिन्दर।''

जोगिन्दरसिंह को उसके साथियों ने दुश्मन के क्षेत्र में जाने से रोकने का भरपूर प्रयास किया। साथियों ने कहा कि अब तुम्हारा वहाँ जाना निरर्थक होगा क्योंकि अब तक तो तुम्हारा दोस्त मर गया होगा। लेकिन उसने लोगों की बात नहीं मानी और अपनी जान की बाजी लगाकर वह दोस्त को ढूंढने के लिए निकल पड़ा।

जिन साथियों ने उसे रात में जाने से रोका था, सुबह उन्होंने देखा कि जोगिन्दर सिंह अपने दोस्त को कंधे पर उठाकर ला रहा है। उन्होंने उससे कहा– ''क्या हमने तुमसे नहीं कहा था कि 'तुम अपना समय बेकार ही गंवाओगे?' तुम्हें वहाँ जाकर अपनी जान जोखिम में डालकर क्या मिला?'' उसने जवाब दिया– ''मैंने समय ज़रा भी बर्बाद नहीं किया है जब मैं ढूंढते–ढूंढते वहाँ पहुंचा तो मेरा दोस्त बुरी तरह घायल था, लेकिन जिन्दा था, मैंने झुक कर उसे हिला कर जगाया तो उसने मेरी ओर देखकर कराहते हुए कहा– 'मैं तुम्हारा ही इंतजार कर रहा था मुझे विश्वास था कि तुम जरूर आओगे।' यह उसके अंतिम शब्द थे, और उसने मेरी बाहों में दम तोड़ दिया।''

उपर्युक्त कहानी भावना की है, भावनाएँ दिल का विषय होती हैं। इसलिए इन्हें दिमाग से समझना संभव नहीं है। एक दोस्त ने अपनी जान की परवाह न कर दूसरे दोस्त की मदद की, उसे लगा कि उसकी परवाह करने वाला कोई तो है, इस तरह उसने शांतिपूर्वक अंतिम सांस ली।

किसी शायर की यह पंक्तियां कितनी भावनात्मक हैं–

दुनिया का सबसे खूबसूरत पौधा दोस्ती का होता है
जो जमीन पर नहीं दिलों में उगता है।

कृष्ण-सुदामा की दोस्ती कभी भूली न जाए

सच्ची मित्रता के लिए कृष्ण–सुदामा का उदाहरण दिया जाता है। सुदामा जैसा गरीब ब्राह्मण सखा जब कृष्ण के द्वार पर आता है, तो कृष्ण मित्रता के भाव को रखने के लिए उसका कच्चा सत्तू भी खा लेते हैं। और जब सुदामा वापिस अपने घर पहुंचते हैं तो आश्चर्य चकित रह जाते हैं कि उनके टूटे–फूटे खपरैल की झोपड़ी की जगह आलीशान महल खड़ा है। ऐसी मित्रता धन्य है जहां एक ओर संसार का महासम्पन्न अधिपति है, और दूसरी ओर ऐसा व्यक्ति है जिसके पास खाने को दाना नहीं, पहनने को कपड़े नहीं।

सुदामा जब कृष्ण के द्वार पर पहुंचते हैं, तो कृष्ण यह नहीं कहते कि मैंने तुम्हें पहचाना ही नहीं, उनका परिचय नहीं पूछते, न ही कहते कि कभी मिले तो थे, पर याद नहीं आ रहा बल्कि उनके पांवों का प्रक्षालन करते हैं, मित्र का स्वागत करते हैं, उसकी गरीबी दूर करते हैं। सच्चा मित्र वही होता है जो मित्र को भी अपने बराबरी का बनाने का प्रयास करता है।

कृष्ण–सुदामा की दोस्ती का उदाहरण सुनकर एक व्यक्ति के मन में विचार आया–

ऐ सुदामा मुझे भी सिखा दे कोई हुनर अपने जैसा।
ताकि मुझे भी मिल जाये कोई दोस्त कृष्ण जैसा।।

राम-सुग्रीव की मित्रता बताती, मित्रता के गुण और कसौटी

वनवास के दौरान भगवान श्रीराम सीताजी की खोज करते समय सुग्रीव के सम्पर्क में आए। सुग्रीव अपने अधर्मी बड़े भाई बालि के आतंक से पीड़ित थे।

सुग्रीव ने श्रीराम को अपना दुःख सुनाते हुए बताया कि कैसे उसके अन्यायी भाई बालि ने उसका राज्य हड़प लिया और उसकी पत्नी को जबरदस्ती अपने पास रखे हुए है। यह सुनकर श्रीराम की दोनों भुजाएँ फड़क उठी और उन्होंने कहा– "हे! सुग्रीव सुनो मैं एक ही बाण से बालि को मार डालूंगा, ब्रह्मा और रूद्र की शरण में जाने पर भी उस के प्राण न बच सकेंगे।" श्रीराम ने आगे कहा– "अब तुम मेरे मित्र हो गए हो, अतः तुम्हारे दुःख निवारण में, मैं पूरी सहायता करूंगा और तुम्हें तुम्हारा राज्य एवं पत्नी वापिस दिलवाऊँगा।" सच्चे मित्र का कर्तव्य है कि वह अपने मित्र के दुःख को अपना दुःख समझे और उसका निवारण करवाकर अपने मित्र को सुखी बनाये।

इसी संदर्भ में भगवान सच्चे मित्र के गुण एवं मित्रता की कसौटी का उल्लेख करते हुए कहते हैं–

जे न मित्र दुःख होहिं दुखारी। तिन्हहिं विलोकत पातक भारी।।
निज दुःख गिरि सम रज करि जाना। विमत्र दुःख रज मेरू समाना।।

जो लोग मित्र के दुःख से दुःखी नहीं होते, उन्हें देखने मात्र से बड़ा पाप लगता है। एक सच्चे मित्र को चाहिए कि वह अपने पर्वत के समान दुःख को धूल के समान और मित्र के धूल के समान दुःख को सुमेरू पर्वत के समान बड़ा माने। तात्पर्य यह है कि मित्र के दुःख से यदि मित्र दुःखी नहीं होता और उसके दुःख में साथ नहीं देता तो ऐसे व्यक्ति का तो मुंह भी नहीं देखना चाहिए। मित्र के छोटे से दुःख को भी बड़ा करके मानना चाहिए और हर प्रकार के दुःख के समय उसे सांत्वना देना चाहिए, ढाढ़स बंधाना चाहिए और उसके दुःख के निवारण हेतु हर संभव प्रयत्न करने चाहिए। दुःख में मित्र का तहेदिल से साथ देना चाहिए।

फिर श्रीराम कहते हैं–

जिन्ह के असि मति सहज न आई। ते सठ कत हठि करत मिताई।।
कुपथ निवारि सुपंथ चलावा। गुन प्रगटै अवगुनन्हि दुरावा।।

जो मित्र के दुःख में दुःखी नहीं होते और मित्र के दुःख को अपने दुःख से बड़ा नहीं मानते ऐसे मूर्ख लोगों से मित्रता करते ही क्यों हो? मित्र का धर्म है कि वह अपने मित्र को बुरे मार्ग से रोककर अच्छे मार्ग पर चलाए। उसके गुणों को तो प्रकट करे और अवगुण यदि हैं, तो उन्हें सार्वजनिक न होने दे (अकेले में दुर्गुणों को त्यागने हेतु समझाइश देता रहे)। मित्र का यह दायित्व है कि अपने मित्र को कभी भी गलत मार्ग पर नहीं जाने दे। यदि वह गलत मार्ग पर जाने लगता है या उसमें दुर्व्यसन पनपने लगते हैं और आदतें ग़लत होने लगती हैं तो उसे ऐसा करने से तुरन्त रोकें और सुमार्ग पर चलने को बाध्य करें।

बेमिसाल दोस्ती

एक पुरानी सत्य घटना है। सिसली द्वीप के सेराक्यूज नगर में दो दोस्त रहते थे, जिनका नाम डामन और पेथियस था। डामन और पेथियस इतने पक्के मित्र थे जैसे दूध और पानी।

उन दिनों सिसली पर डायनोसस नाम के राजा का शासन था जो अत्यंत क्रूर और धूर्त था। राज्य के सभी लोग उससे डरते थे और घृणा करते थे। उसके मात्र नाम से लोग कांप उठते थे। उसके आतंक को दिन–प्रतिदिन बढ़ते देख एक दिन डामन से न रहा गया और उसने राजा की निर्दयता और दुष्टता की निन्दा की। यह बात डायनोसस तक पहुंच गयी। वह आगबबूला हो गया और आज्ञा दी कि डामन को बन्दी बना लिया जाये। आज्ञा की देर थी, डामन को पकड़कर जेल में डाल दिया गया। उस पर राजद्रोह का अपराध लगाया गया और फांसी देने का हुक्म हुआ।

पेथियस ने जब अपने मित्र के मृत्युदण्ड की बात सुनी तो वह दौड़ता हुआ राजदरबार में गया ताकि अपने मित्र डामन की वकालत करे। जिस समय वह वहां पहुंचा, डामन राजा से विनती कर रहा था–

"राजन्! आपने मुझे मृत्यु की सजा दी है और मैं मरने को तैयार भी हूं, परन्तु एक विनती है, मुझे अपने बीबी–बच्चों से अन्तिम बार मिलने की छुट्टी दी जाये। वे दूर समुद्र–पार रहते हैं।"

इस पर क्रूर राजा ने इन्कार करते हुए कहा–

"विद्रोही! क्या तुम मुझे इतना मूर्ख समझते हो कि मैं तुम्हें इस प्रकार धोखा देकर भाग जाने का मौका दे दूंगा। यह कभी नहीं हो सकता। हां, अगर तुम्हारे वापस लौटने तक तुम्हारे बदले कोई दूसरा आदमी जेल में रहने को तैयार हो तो तुम्हें पन्द्रह दिन के लिए घर जाने की आज्ञा मिल सकती है। लेकिन यदि तुम समय पर न लौटे तो उस आदमी को फांसी दे दी जायेगी।"

राजा ने सोचा कि किसी के लिए कोई क्यों अपनी जान खतरे में डालेगा? न कोई डामन के बदले में फांसी की सजा भोगने के लिए तैयार होगा और न वह घर जा सकेगा।

लेकिन उसे बड़ा अचरज हुआ जब डामन के मित्र पेथियस ने आगे बढ़कर कहा–

"राजन्! मैं अपने मित्र की जमानत देता हूं। मुझे आपकी शर्त मंजूर है। डामन को अपने बीबी–बच्चों से मिलने की छुट्टी दी जाए। इसके बदले में अपने आपको तब तक जेल में रहने के लिए पेश करता हूं। यदि डामन पन्द्रह दिन तक न लौटा तो आप मुझे फांसी पर चढ़ा दें।"

राजा डायनोसस ने यह सुना तो वह आश्चर्यचकित रह गया। उसके कान खड़े हो गए। उसने मन में सोचा कि क्या संसार में ऐसे भी लोग हैं जो अपने दोस्त के लिए इस प्रकार जान पर खेलने को तैयार हैं?

डामन की हथकड़ी खोल दी गई और उसके बदले उसके मित्र पेथियस को हथकड़ी और बेड़ी पहनाकर कारावास में डाल दिया गया।

दिन बीतने लगे। ज्यों–ज्यों फांसी का दिन पास आने लगा, पेथियस जेल में मन–ही–मन यह मनौती मानता कि डामन के लौटने में देर हो जाये, ताकि उसके बदले उसे फांसी पर चढ़ा दिया जाये और दुनिया जान ले कि दोस्ती किसे कहते हैं।

उधर डामन जहाज में यह सोच–सोचकर अधीर हो रहा था कि कहीं मैं समय पर न पहुंच सका तो मेरे प्यारे दोस्त को फांसी की सजा हो जायेगी। विपरीत दिशा में होने के कारण उसका जहाज समय पर स्वदेश न पहुंच सका, जिससे उसे लौटने में भी देर हो गयी। जब पन्द्रह दिन बीत गये और डामन नहीं लौटा तो राजा ने पेथियस से कहा–

"तेरा दोस्त कितना धोखेबाज निकला! तुझे फंसाकर खुद भाग गया है। अब डामन के बदले तुझे फांसी पर चढ़ना होगा।"

अपने दोस्त पर लांछन लगाना पेथियस नहीं सह सका। बोला–

"यह झूठ है मेरा दोस्त धोखेबाज़ नहीं है। हवा तेज है। हो–न–हो, उसका जहाज तूफ़ान के चक्कर में पड़ गया है। तभी वह समय से नहीं लौट सका।"

आखिर पेथियस को फांसी के तख्ते पर ले जाया गया। उसके चेहरे पर तनिक भी उदासी न थी, उल्टे वह फूल–सा खिला हुआ था।

राजा ने आज्ञा दी, "रस्सी खींचो!"

जल्लाद रस्सी खींचने चला। बस, एक क्षण की ही देर थी कि इतने में दूर से बड़े ज़ोर की आवाज़ सुनायी दी, "ठहरो, रुको! मैं आ पहुंचा!"

जिधर से आवाज आयी थी, सब लोग उसी ओर देखने लगे। उन्होंने देखा कि घोड़े को तेजी से दौड़ाता हुआ धूल से भरा डामन आया और घोड़े से कूद कर फांसी के तख्ते पर चढ़ पेथियस से लिपट गया।

"ईश्वर ने मेरी बात रख ली। मुझे बड़ी खुशी है कि मैं समय पर पहुंच गया और मेरे मित्र के प्राण बच सके।"

फिर राजा से बोला, "अपने वादे के अनुसार मैं लौट आया हूं, राजन! अब आप अपना वादा पूरा कीजिए और मेरे दोस्त को मुक्त कर मुझे फांसी दीजिए।"

डामन को मौत के मुंह में जाते देख पेथियस रो पड़ा, "ईश्वर ने मेरी प्रार्थना नहीं सुनी। हाय, मुझे अपने मित्र के प्राण बचाने का मौका न मिला।"

डामन और पेथियस की ऐसी दोस्ती देखकर राजा दंग रह गया। वह बोला–

''तुम दोनों में से एक भी नहीं मरेगा। मैं ऐसी बेजोड़ जोड़ी को तोड़ने

के पाप का भागीदार नहीं बनूंगा। दोस्ती की तुमने ऐसी सच्ची मिसाल दी कि मैं उसे कभी नहीं भूल सकता। मैं तुम दोनों को आजाद करता हूँ।''

किसी शायर ने क्या खूब कहा है–

क्या मांगे खुदा से, आपको पाने के बाद
किसका करें इंतजार आपके आने के बाद
दोस्तों पर जान लुटा देते हैं लोग
मालूम हुआ आपको दोस्त बनाने के बाद।

बंदर-बंदरिया की दोस्ती देख अल्वर्ट श्वेटज़र बने सेवाभावी

जहां पर अल्वर्ट श्वेटज़र (Albert Schweitzer) रहते थे, उनके निकट ही बंदरों का एक दल रहता था। दल में एक बंदर और एक बंदरिया में गहरी दोस्ती हो गई। जहां भी वे जाते, साथ–साथ जाते, कुछ खाने को मिलता तो यही कोशिश रहती कि उसका अधिकांश भाग साथी खाए। कोई भी चीज उन्होंने अकेले कभी नहीं खाई। उनकी इस आत्मीय प्रेम–भावना ने अल्वर्ट को बहुत प्रभावित किया।

अल्वर्ट श्वेट्ज़र प्रातः प्रतिदिन इस दोस्ती की प्रणयलीला देखते जाते और एकान्त स्थान में बैठकर घंटों उनके दृश्य देखा करते थे। मुसीबत के समय में भी उनमें से किसी ने भी स्वार्थ का परिचय नहीं दिया। अपने दोस्त के लिए प्राणों के बलिदान के लिए भी वे तैयार रहते– ऐसी थी उनकी आत्मीय प्रेम की निष्ठा।

बंदरिया कुछ समय बाद बीमार पड़ी। बंदर ने उसकी रात–दिन भूखे प्यासे रहकर सेवा सुश्रुषा की। लेकिन बंदरिया बच न सकी, मर गई। बंदर के लिए इससे बड़ी दुःखद घटना क्या हो सकती थी? इसके बा्द बंदर गुमसुम जीवन बिताने लगा। एक साथी के न रहने पर, नर हो या मादा अपने दूसरे साथी का चुनाव खुशी–खुशी कर लेते हैं। इस बंदर दल में कई अच्छी बंदरियां थीं। बंदर स्वस्थ था, हृष्ट–पुष्ट था, किसी नई बंदरिया को दोस्त बना सकता था। पर उसने ऐसा नहीं किया क्योंकि उसके हृदय का प्रेम स्वार्थपूर्ण नहीं था इसलिए उसने किसी भी बंदरिया से विवाह नहीं किया।

अब बंदर ने अपने जीवन को नई दिशा में मोड़ दिया और प्रेम को उसने सेवा का रूप दे दिया। बंदर एक स्थान पर बैठा रहता। अपने दल या दूसरे दल का कोई अनाथ बंदर मिल जाता तो वह उसे प्यार करता, खाना खिलाता, भटक गए बच्चे को ठीक उसकी मां के पास तक पहुंचा कर आता। इसके अलावा उसने कितने ही वृद्ध, अपाहिज बंदरों को पाला, कितनों का बोझ उठाया। बंदर की इस निष्ठा ने ही अल्वर्ट श्वेट्जर को एकांतवादी जीवन से हटाकर सेवा–भावी जीवन बिताने के लिए अफ्रीका जाने की प्रेरणा दी।

श्वेट्जर बंदर की इस आत्मनिष्ठा को जीवन पर्यंत नहीं भूल सके।

सारस की जोड़ी- बेमिसाल अनूठी दोस्ती

पूर्वी यूरोपीय देश क्रोएशिया (Crosia) के एक गांव में बोदस्की वेराज में मेलेना नाम की सारस रहती है। उसके दोस्त का नाम है सारस क्लेप्टन, जो प्रति वर्ष मार्च के महीने में 14 हजार किलोमीटर की यात्रा करके अपने मित्र से मिलने, बोदस्की वेराज गांव आता है। क्योंकि उसकी दोस्त मेलेना उड़ नहीं सकती। उसे लगभग 16 वर्ष पहले शिकारियों ने गोली मारी थी। इसके बाद वह उड़ने लायक नहीं रहीं। उसका दोस्त क्लेप्टन उसका बहुत ख्याल रखता है।

पूरे क्रोएशिया देश में बोदस्की वेरोज और मेलेना की जोड़ी चर्चित है। मार्च में जब क्लेप्टन मेलेना से मिलने आता है तो उन दोनों के चित्र इंटरनेट पर आने लगते हैं। मेलेना के देखभाल की जिम्मेदारी गांव के ही स्कूल टीचर स्तेजपान के ऊपर है।

किसी ने क्या खूब कहा है–

दोस्ती रूह में उतरा हुआ मौसम है
ताल्लुक कम होने से दोस्ती कम नहीं होती।

तोता-मैना की दोस्ती ने किया श्रीमती एनन का हृदय परिवर्तन

दक्षिण अमेरिका के चिली देश की राजधानी सैंटियागो की धनाढ्य

महिला मिसेज एनन का पारिवारिक जीवन बड़ा कलहपूर्ण था। कलह से ऊबकर मन बहलाने के लिए उन्होंने एक भारतीय मैना पाल ली। मैना जब से आयी तभी से उदास रहती थी। मिसेज ऐनन के मन में विचार आया कि शायद मैना को अकेलापन कष्ट दे रहा हो। अतः दूसरे ही दिन एक तोता मोल ले लिया। तोता और मैना अलग–अलग जाति के दो पक्षी भी पास आ जाने के कारण उनकी परस्पर दोस्ती बड़ी प्रगाढ़ हो गई, वे इतने घुलमिल गए कि एक के बिना दूसरे को चैन ही नहीं पड़ती थी।

प्रातःकाल बिना चूक किए मैना तोता को नमस्ते कहती। तोता बड़ी ही मीठी वाणी में कुछ कह कर उसके अभिवादन का उत्तर देता। आस–पास पिंजरे कर दिए जाते। दोनों में वार्तालाप होता। न जाने क्या मैना कहती न जाने क्या तोता कहता? पर उनको देखकर लगता कि ये दोनों बहुत खुश हैं। दोनों की दोस्ती दिन–प्रतिदिन गहरी होती गई। वे चोंच में चबाकर अपनी चीज बांट कर खाते।

एक दिन मिसेज एनन की एक रिश्तेदार का तोता मर गया, वे जिद करके एनन का तोता मांग कर ले गयीं। ठीक उसी दिन से मैना बीमार पड़ गई और चौथे दिन सांयकाल 6 बजे वह मर गई। तोता बंदी था, पर कृतघ्न नहीं था। चला तो गया, पर वह भी मैना की याद में बीमार पड़ गया और चौथे दिन सायंकाल ठीक 7 बजे उसने अपने प्राण त्याग दिए।

इस घटना ने मिसेज एनन का स्वभाव एकदम बदल दिया। अब उनके स्वभाव में सेवा और मधुरता का ऐसा सोता फूटा कि वर्षों से पारिवारिक कलह से जलता हुआ दांपत्य सुख फिर से खिल उठा और श्री एवं श्रीमती एनन मैं कुछ ऐसी प्रगाढ़ता हो गई कि मानो उनके हृदय में तोता और मैना की आत्मा साक्षात् उतर आयी हो।

सच्ची दोस्ती की एक बेमिसाल कहानी की मिसाल

दुनिया में कुछ लोग ऐसे भी होते है जो अपने जीवन पर्यन्त तो दोस्ती निभाते ही हैं किन्तु अपने किसी दोस्त की मृत्यु के पश्चात् भी उसके परिवार से आत्मीयता और मैत्री बनाए रख उसे पूरी तरह संरक्षण देते

हैं। ऐसा ही एक उदाहरण प्रस्तुत है स्व. राममोहन के पुत्र के शब्दों में–

मेरे पिता स्वर्गीय राममोहन और कृष्णदास में बचपन से ही दोस्ती थी। साथ–साथ खेले–कूदे, पढ़े–लिखे और यह भी एक संयोग था कि दोनों की नौकरी भी बैंक में एक साथ लगी थी। दोनों के बैंक अलग–अलग थे, किन्तु उनकी पदस्थापना एक ही शहर में हुई।

मेरे पिताजी और कृष्णदास की गहरी और घनिष्ठ दोस्ती देख कई लोग ईर्ष्या भाव रखते थे और दोनों के बीच मनमुटाव कराने की जुगाड़ में रहते थे। हमारे कुटुम्ब जनों (परिवार को छोड़कर) को भी यह दोस्ती खटकती थी।

जब मैं कक्षा 10 वीं में अध्ययनरत था उसी दौरान मेरे पिताजी की तबीयत एकाएक बिगड़ गई। दरअसल में उनकी दोनों किडनियाँ खराब हो चुकी थीं। डाक्टरों ने बताया कि वे अधिक–से–अधिक छः माह तक जीवित रह सकते हैं। जब हमने ऐसा सुना तो हमारे होश उड़ गए, मेरी माताजी को तो चक्कर आ गया और वे बहुत देर बाद सामान्य हो सकीं। आखिरकार पांच माह बाद हमारे पिताजी हमसे दूर–दूर और बहुत दूर चले गए।

बीमारी के दौरान पिताजी जब अस्पताल में भर्ती थे, उन्हें एक ही चिंता सताए रहती थी कि मेरी मृत्यु के बाद मेरी पत्नी, पुत्र और पुत्री का क्या होगा, कौन उनको सहारा देगा। जब वे इस प्रकार की चिन्ता व्यक्त करते तो कृष्णदासजी हमेशा एक ही बात कहते– ''मैं, तो हूं।''

मेरे पिताजी की मृत्यु के पश्चात् उनकी जगह मेरी मां को नौकरी मिल गई, चूंकि वे ज्यादा पढ़ी–लिखी नहीं थी। अतः चतुर्थ श्रेणी यानी चपरासी के पद पर ही अनुकम्पा नियुक्ति मिल सकी। इस नियुक्ति के लिए भी कृष्णदासजी को बहुत प्रयास करना पड़ा। मेरी बहिन के विवाह के लिए उन्होंने वैसी ही भागदौड़ की जैसे कोई अपनी पुत्री के लिए करता है। बल्कि बहन के कन्यादान रस्म भी कृष्णदासजी और उनकी पत्नी ने सम्पन्न की, क्योंकि मेरी मां विधवा होने के कारण सम्पन्न नहीं कर सकती थी। मेरी बहन को अच्छा वर और घर दोनों प्राप्त हो गए।

कृष्णदासजी के सहयोग, प्रोत्साहन और आशीर्वाद का नतीजा है कि मेरा चयन डिप्टी कलेक्टर के पद पर हो सका।

कृष्णदासजी जैसे सच्चे मित्र भाग्यवश बिरलों को ही मिल पाते हैं। इस बारे में ये शायरी कितनी सटीक है–

ऐ मेरे दोस्त, दोस्ती की है ताउम्र निभाते रहना
मर भी जाऊँ पर परिवार को सहारा देते रहना।

निकोलस ने बचाया बचपन के मित्र बेक को प्राणदण्ड से

काफी पुरानी बात है। इंग्लैण्ड के 'वेस्ट मिनिस्टर' नाम के प्रतिष्ठित स्कूल में निकोलस और बेक नाम के दो लड़के पढ़ते थे। दोनों में गहरी मित्रता थी। निकोलस शैतान, उपद्रवी और झूठा था, इसके विपरीत बेक सीधा, सच्चा और मेहनती था। इतना होने पर भी दोनों में काफी घनिष्ठ मित्रता थी।

एक दिन किसी काम से स्कूल के टीचर थोड़े समय के लिए क्लास से बाहर गए। उनके निकलते ही लड़कों ने पढ़ाई बंद कर दी। शैतान निकोलस को शरारत करने की सूझी। उसने क्लास में लगा दर्पण पटक दिया। दर्पण चूर–चूर हो गया।

दर्पण टूटते ही सभी छात्र घबरा गए। निकोलस ने भी महसूस किया कि उससे बहुत बड़ी गल्ती हो गयी है। टीचर द्वारा पिटाई करने के डर से वह अपने स्थान पर चुपचाप बैठ गया और पुस्तक निकालकर पढ़ने लगा।

टीचर ने क्लास में घुसते जैसे ही दर्पण के टुकड़े देखे तो वह क्रोधित हो उठे। बड़े ही कठोर शब्दों में उन्होंने छात्रों को डांटते हुए कहा– ''यह शैतानी जिसने भी की हो वह अपने स्थान पर खड़ा हो जाए।''

डर के मारे कोई लड़का नहीं बोला। लेकिन टीचर ऐसे ही किसी को छोड़ने वाले नहीं थे। उन्होंने एक–एक लड़के को खड़ा कर पूछना प्रारंभ किया। जब निकोलस का नम्बर आया तो दूसरे लड़कों के समान उसने भी कह दिया– "सर मैंने दर्पण नहीं तोड़ा।"

बेक ने जब देखा कि उसका अभिन्न मित्र निकोलस मार पड़ने के डर से झूठ बोल रहा है। लेकिन टीचर अवश्य ही दर्पण तोड़ने वाले का पता लगा लेंगे। निकोलस को दर्पण तोड़ने और साथ ही झूठ बोलने

के कारण ज्यादा मार पड़ेगी। इसलिए मुझे मित्र को बचा लेना चाहिए, वह उठकर खड़ा हो गया और बोला– "सर दर्पण मेरे हाथ से टूटा है।"

यह सुनकर सब लड़के और निकोलस भी आश्चर्य से बेक का मुंह देखने लगे। टीचर बेंत उठा बेक को सड़ासड़ पीटने लगे, बेचारे बेक के बदन पर नीले–नीले धब्बे पड़ गए, किन्तु न तो वह रोया और न चिल्लाया।

जब स्कूल की छुट्टी हुई तो सब लड़कों ने बेक को घेर लिया। निकोलस भी रोता–रोता उसके पास आया और बोला– ''बेक! मैं तुम्हारे इस उपकार को जीवन भर नहीं भूलूंगा। तुमने मुझे मनुष्य बना दिया। मैं आज से झूठ नहीं बोलूंगा, शैतानी भी नहीं करूंगा।''

निकोलस सचमुच उसी रोज से सुधर गया। वह पढ़ाई में ज्यादा मेहनत करने लगा। बड़ा होने पर उसने इतनी उन्नति कर ली कि वह न्यायाधीश के पद पर पहुंच गया।

चालीस वर्ष बाद इंग्लैण्ड में राजतंत्र और प्रजातंत्र के समर्थकों में युद्ध हुआ। राजतंत्र के समर्थक लोग हार गए। प्रजातंत्र की ओर से उस समय क्रामबेल शासक थे, उनका आदेश था कि राजतंत्र के समर्थकों को प्राणदण्ड दिया जाए। बेक ने राजतंत्र का समर्थन किया था। युद्ध में वह बंदी हुआ। उसे न्यायाधीश निकोलस के समक्ष लाया गया। उसे शासन की आज्ञानुसार बेक को प्राणदण्ड की आज्ञा सुनानी पड़ी।

बेक को प्राणदण्ड की सजा सुनाकर निकोलस का हृदय बेचैन हो उठा। वह फौरन ही अपनी कुर्सी से उठकर भागा और घोड़े पर बैठ गया। उसे लन्दन पहुंचना था। लन्दन वहां से काफी दूर था। रास्ते में उसको तीन घोड़े बदलने पड़े। दो रात और एक दिन वह बराबर घोड़े की पीठ पर बैठा रहा। लन्दन में वह सीधे क्रामवेल के पेलेस में गया। अपने मित्र के लिए क्षमादान मांगा। क्रामवेल से क्षमादान का पत्र लेकर फिर वह पहले की तरह घोड़े पर दौड़ा और उसे तब शांति मिली जब उसने बंदीघर में बेक के हाथ में क्षमादान का वह पत्र उसे दे दिया। दोनों मित्र चालीस वर्ष बाद फिर गले मिले।

किसी शायर का यह कथन बड़ा सटीक है–

मेरी झोली में कुछ दोस्त और कुछ रिश्ते हैं
शुक्र है ऐ मेरे मालिक उनमें से कुछ फरिश्ते हैं।

दो दोस्तों के बीच एक-दूसरे के स्थान पर मरने की होड़

पुरानी घटना है एक बार एक जहाज लगभग 100 आदमियों को लेकर भारत की ओर आ रहा था। दस दिनों के सफर के बाद जहाज किसी चट्टान से टकरा गया और बेकार हो गया। जहाज के कप्तान ने जहाज में रखी एक छोटी नाव समुद्र में उतार दी। खाने का सामान और उन्नीस आदमियों सहित वह स्वयं नाव में बैठ गया। अन्य लोग भी नाव में बैठना चाहते थे पर कप्तान ने तलवार के बल पर किसी को नहीं बैठने दिया। जहाज डूब गया। नाव में बैठने वाले जल्दी–जल्दी में दिशा सूचक यंत्र (कम्पास) और पीने का पानी लाना भी भूल गए।

कप्तान बीमार था, चार दिन बाद उसकी मृत्यु हो गई। इसके बाद एक बुजुर्ग आदमी को कप्तान बना दिया। इधर खाने का सामान समाप्त हो रहा था, उधर किनारा कब मिलेगा, इसका कोई ठिकाना नहीं था। नये कप्तान ने नाव पर से चार आदमी कम करने के लिए लॉटरी डाली, जिनके नाम आए, उन चार आदमियों को समुद्र में फेंक देने का निश्चय किया गया।

समुद्र में फेंके जाने वाले चार आदमियों में से एक 26 वर्षीय आदमी ऐसा था, जिसका घनिष्ठ मित्र नाव में शेष रहने वाले आदमियों में था जिसकी आयु लगभग 32 वर्ष की थी। मित्र को समुद्र में फेंकने से रोते हुए वह बोला कि उसकी जगह मुझे फेंक दिया जाए। इस पर उसका मित्र बोला, "मैं तुमको नहीं मरने दूंगा। तुम विवाहित हो, तुम्हारे बच्चे भी हैं। तुम्हारी दो बहनें भी हैं। दोस्त तुम्हारा जीवित रहना जरूरी है। तुम जीवित रहोगे तो परिवार का भरण–पोषण भी कर लोगे। मैं तो कुंवारा हूं मेरे मर जाने से कोई फर्क नहीं पड़ेगा।"

लेकिन तुम तो मुझे बहुत प्रिय हो, तुम्हें मरते देख सकना मेरे लिए असहनीय होगा। कहीं ऐसा न हो कि शोक में, मैं भी समुद्र में कूद पडूं। इसलिए कह रहा हूं कि मुझे मरने दो।

मरने को तैयार मित्र को रोकने के लिए दूसरा मित्र उसके पांव से लिपट गया। रोकर कहने लगा– "मैं तुम्हें मरने नहीं दूंगा।"

मित्र ने अपने मित्र को बहुत समझाया पर कोई लाभ नहीं हुआ। आखिरकार दूसरे मित्र को समुद्र में फेंक दिया गया। वे अन्य तीन लोग तो डूब गए परन्तु मित्र नाव के साथ तैरता रहा। एक मित्र अपने दूसरे मित्र को बड़ी बेचैनी से देखता जा रहा था।

दोस्त के प्रति दोस्त का ऐसा अटूट प्रेम देखकर सभी यात्रियों की आँखें भर आयी। कुछ समय बाद सबने एक मत होकर कहा– ''हमारा भले ही जो भी हो हम इस युवक को अवश्य बचाएंगे'' और सबने मिलकर उस युवक को नाव में ऊपर खींच लिया।

किसी शायर ने क्या खूब कहा है–

जिक्र हुआ जब खुदा की रहमतों का
हमने खुद को खुशनसीब पाया
तमन्ना थी एक प्यारे दोस्त की
खुदा खुद दोस्त बनकर चला आया।

दोस्त को देखते ही अशफाक की तबीयत ठीक

शहीद अशफाक उल्ला खां और रामप्रसाद बिस्मिल के बीच बचपन से ही गहरी दोस्ती थी। रात–दिन एक साथ उठना बैठना, घूमना और खाना–पीना होता था, अक्सर शिकार के लिए भी दोनों साथ–साथ निकलते थे।

रामप्रसाद और अशफाक की गहरी दोस्ती और प्यार देखकर अशफाक के घर वाले अक्सर उसे काफिर कह दिया करते थे लेकिन अशफाक चुप रहते थे।

एक बार अशफाक बीमार पड़ गए और बीमारी की हालत में 'राम–राम' कह कर चिल्लाने लगे। उनके माता–पिता ने कहा– ''राम–राम क्या करते हो खुदा पाक का नाम लो।''

लेकिन वह तो राम के दीवाने थे।

घर वालों ने कहा– "यह तो काफिर बन गया है।"

इतने में एक पड़ौसी वहां आया। वह इस राम–राम का भेद जानता था। वह तुरन्त रामप्रसाद को बुलाकर लाया। रामप्रसाद को देखते ही अशफाक ने कहा– "अरे राम! तुम आ गए।" थोड़ी देर में दौरा शान्त हो गया और तबीयत अच्छी हो गई।

किसी शायर ने ठीक ही कहा है–

दुनिया में हर मर्ज का इलाज नहीं है दवाखाने में
कुछ दर्द चले जाते हैं दोस्तों के साथ मुस्कुराने में।

पानी और दूध की दोस्ती- अपने अस्तित्व की चिन्ता न कर अपने को जलाने के लिए तत्पर

पानी ने दूध से कहा– ''भाई! किसी मित्र के अभाव में मुझे सूना–सूना अनुभव होता है। आओ, तुम्ही को हृदय से लगाकर मित्र बना लूं।''

दूध ने उत्तर दिया– ''भाई! तुम्हारी बात तो मुझे अच्छी लगी, पर यह विश्वास कैसे हो कि अग्नि परीक्षा के समय तुम मेरे साथ रहोगे।''

पानी ने कहा– "विश्वास रखो, ऐसा ही होगा।"

पानी और दूध में मित्रता हो गई। ऐसी मित्रता की दोनों के स्वरूप को अलग–अलग करना कठिन हो गया।

अग्नि परीक्षा में पानी अपने मित्र दूध की रक्षा के लिए अपने अस्तित्व की चिन्ता न करते हुए अपने आपको जलाने के लिए तैयार रहता है।

गोस्वामी तुलसीदास और महाकवि रहीम की दोस्ती

गोस्वामी तुलसीदास और अकबर के दरबार के रत्न महाकवि रहीम की दोस्ती ऐतिहासिक और सांस्कृतिक महत्त्व की थी। उनकी दोस्ती के बारे में एक प्रसंग उल्लेखनीय है।

एक निर्धन ब्राह्मण को अपनी बेटी के विवाह के लिए रुपयों की आवश्यकता थी। वह महाकवि तुलसीदास के पास मदद मांगने आया। लेकिन खुद मांगकर खाने वाले तुलसी उस गरीब की क्या मदद करते।

उन्होंने तुरन्त एक दोहे की अर्धली लिखी और उसे ब्राह्मण को देकर रहीम के पास भेजा। कागज़ पर तुलसीदास ने जो अर्धली लिखी थी, वह थी– "सुरतिय, नरतिय, नागतिय यह चाहत सब कोय।" उस गरीब ब्राह्मण ने रहीम के पास जाकर तुलसीदास द्वारा लिखित दोहे का पूर्वार्द्ध वाला कागज़ दिया और अपनी दयनीय स्थिति का वर्णन किया। महाकवि रहीम ने उस गरीब ब्राह्मण को यथोचित धन दिया और दोहे को पूरा करके उसे तुलसीदास तक पहुँचाने का आग्रह किया। रहीम ने दोहे का उत्तरार्ध लिखा था, वह था– 'गोद लिए हुलसी फिरें तुलसी से सुत होय।' कहा जाता है कि तुलसीदासजी की माता का नाम क्या था, इसकी जानकारी किसी को नहीं थी, लेकिन रहीम द्वारा लिखे गए दोहे से यह स्पष्ट हुआ कि उनकी माता का नाम हुलसी था।

रामभक्त तुलसी और अकबर दरबार के महाकवि रहीम की दोस्ती, उनका आपसी प्रेम इस बात का स्पष्ट प्रमाण है कि जात–पात और धर्म–दोस्ती के मार्ग में बाधक नहीं होता।

इसलिए कहा गया है –

जात पांत पूछे नहीं कोई
मिले दिल सो दोस्ती होई।

लौहपुरुष स्टालिन और डॉ. सर्वपल्ली राधाकृष्णन की दोस्ती :

डॉ. सर्वपल्ली राधाकृष्णन सन् 1962 से 1967 तक भारत के राष्ट्रपति रहे थे, इससे पूर्व सन् 1949 में उन्हें भारत के राजदूत बनाकर रूस भेजा गया था। वहाँ पर उन्होनें भारत और रूस के बीच अपनी सूझबूझ और मैत्री भाव से कई उलझे हुए मामलों को हल करने में सफलता पायी। उनके प्रयासों से भारत–रूस मैत्री और भी प्रगाढ़ हुई। लौहपुरुष माने जाने वाले रूस के राष्ट्रपति स्टालिन डॉ. राधाकृष्णन के मित्र बन गए। वे डॉ. राधाकृष्णन के खुशमिजाजी व्यक्तित्व से अत्यधिक प्रभावित रहे।

15 अप्रैल 1952 को जब राधाकृष्णन सोवियत रूस से विदा होकर भारत आने लगे तो स्टालिन की आँखें नम हुए बगैर नहीं रहीं। उन्होंने कहा–

"जीवन में आप पहले व्यक्ति मिले जिसने मेरी चेतना को गहराई तक झकझोर दिया। आपने हमेशा औरों से भिन्न दोस्ताना और आत्मीय व्यवहार किया जिसकी स्मृति मुझे हमेशा बनी रहेगी।"

डॉ. राधाकृष्णन ने बड़ी सौम्यता से स्टालिन की ओर देखा, मुस्कराए तथा धीमे से कहा– ''दोस्त, अलविदा।''

स्वामी रामतीर्थ की मित्रता का एक उदाहरण

एक बार स्वामी रामतीर्थ संयुक्त राज्य अमेरिका की यात्रा पर जा रहे थे। बंदरगाह समीप आ रहा था। सब लोग अपना–अपना सामान इकट्ठा करने लगे, लेकिन स्वामी रामतीर्थ तो वैसे ही बैठे रहे और देखते रहे कि दूसरे लोग अपना सामान इकट्ठा कर रहे हैं और इधर–उधर दौड़ रहे हैं। अन्त में बन्दरगाह आ गया। सैकड़ों लोग तट पर रिश्तेदारों और मित्रों को लेने और उनके स्वागत हेतु आए। लोगों की भीड़ में वहाँ बहुत हल्ला हो रहा था लेकिन स्वामीजी वैसे ही पूरी तरह शान्त चित्त बैठे रहे। इतने में एक अमेरिकी लड़की वहां आयी। उसे यह देखकर आश्चर्य हुआ कि जहाज की सारी चहल–पहल का उस व्यक्ति पर कोई प्रभाव नहीं हो रहा है। आखिरकार उससे रहा न गया और वह उनके पास जाकर पूछने लगी– ''आप कहां से आए हैं? अमेरिका में आपका कोई रिश्तेदार या मित्र होगा? जहां आप ठहरोगे।'' स्वामीजी ने कहा– ''हां, मेरा एक मित्र है।'' ''वह कौन?'' युवती ने पूछा। वह बोले– ''आप हैं वह मित्र जहां मुझे सभी सुविधाएं मिल जायेंगी।'' और सचमुच रामतीर्थ की वाणी और उनकी आत्मीयता का कुछ ऐसा प्रभाव पड़ा कि युवती रामतीर्थ की घनिष्ठ मित्र बन गई।

मित्रता की चाह सभी मनुष्य को होती है, पर यह ठहरती उन्हीं के पास जिनका हृदय निर्मल होता है।

सुप्रसिद्ध विचारक सिडनी स्मिथ ने ठीक ही कहा है–

''जिन्दगी का किला मित्रताओं से मजबूत होता है। प्रेम करना और प्रेम पाना इंसान के जीवन का सबसे बड़ा सुख है।''

दो बच्चों की सच्ची दोस्ती की अनोखी कहानी

दीपिका का छोटा बेटा शिवम् रोज की तरह आज भी अपनी पैंसिल और रबर स्कूल में ही छोड़ आया। कई दिनों से वह कभी रबर, कभी पैंसिल, कभी कॉपी छोड़ आता था। दीपिका उसकी इस लापरवाही से बहुत परेशान थी। गुस्से में उसने गाल पर चांटा जड़ा और डांटते हुए कहा– ''शिवम् कब अपनी चीजों को संभाल कर रखना सीखोगे, अब तुम छोटे नहीं रहे बड़े हो गए हो।'' कहते हुए उसने अलमारी में से नई पैंसिल निकाल कर दे दी और अपने गृहकार्य में लग गई।

गाल सहलाते हुए शिवम् मासूमियत से अपनी मम्मी की ओर देखता रहा और अपने गालों पर आए आंसुओं को पोंछते हुए लिखने लगा। तभी उसके सहपाठी अंकित ने दरवाजे पर दस्तक दी। अन्दर प्रवेश करते ही, शिवम के हाथ में नई नोट बुक, तीन–चार पैंसिलें और रबर रखते हुए वह बोला– ''धन्यवाद दोस्त, तुमने कई बार मुझे मास्टर साहब की पिटाई से बचाया। आज मां की सिलाई के काम के पैसे मिल गए थे, तो उन्होंने यह सब चीजें लाकर दे दीं। तुम रख लो और हां मां ने तुम्हें भी धन्यवाद कहा है। तुम मेरे सच्चे दोस्त हो, उनका कहना है कि जो मुसीबत में काम आए वही सच्चा दोस्त होता है।''

दीपिका एक ओर सच्चे दोस्तों की अनोखी दोस्ती देख रही थी, तो दूसरी ओर अपने बेटे शिवम् के लाल हुए गाल को।

किसी ने ठीक ही कहा है–

"सच्चे दोस्त हमें कभी गिरने नहीं देते
ना किसी की नजरों में और न किसी के कदमों में।"

जिसका कोई मित्र नहीं उसका मित्र मैं बनता हूं – राष्ट्रपति लिंकन

अमेरिका में जिन अपराधियों को आजीवन कारावास की सजा दी जाती है, उन्हें क्षमा याचना के लिए, प्रार्थना करने का एक अंतिम अवसर दिया जाता है। ऐसे प्रार्थना पत्रों के साथ सामान्यतः किसी प्रतिष्ठित व्यक्ति की सिफारिश भी होती है।

ऐसा ही एक प्रार्थना पत्र अमेरिका के राष्ट्रपति के समक्ष आया। किन्तु उसके साथ सिफारिश पत्र नहीं था। राष्ट्रपति ने अपने निजी सचिव से पूछा–

"क्या इस व्यक्ति का कोई मित्र नहीं है?" "मालूम तो ऐसा ही पड़ता है।" उत्तर मिला।

राष्ट्रपति कुछ क्षण मौन रहे। फिर क्षमायाचना पत्र को स्वीकार करते हुए उन्होंने लिखा–

"जिसका कोई मित्र नहीं, उसका मैं मित्र बनता हूं। छोटे–से–छोटे व्यक्ति को न्याय मिलना चाहिए। यह मेरा कर्तव्य है।'' वे राष्ट्रपति थे अब्राहम लिंकन।"

जीवन में सफलता के लिए मित्र की आवश्यकता

अमेरिका के राष्ट्रपति एण्डरू जैक्सन की माता को एक जहाज पर नर्स के रूप में विदेश जाना पड़ा। जब जैक्सन चौदह वर्ष के थे। माता ने अपने पुत्र को एक बहुमूल्य संदेश भेजा, जिसमें लिखा था–

''एण्डरू, यदि मैं जीवित वापस न लौटूं, तो जिन्दगी भर एक बात याद रखना– 'इस संसार में हर व्यक्ति को अपना रास्ता स्वयं बनाना पड़ता है, और आगे बढ़ने के लिए सच्चे दोस्त की जरूरत पड़ती है और उन्हें वह मिल सकते हैं, जो स्वयं ईमानदार हों।'''

जैक्सन ने जीवन भर अपनी माता के इस अंतिम उपदेश को याद रखा एवं यही उनकी सफलता का मूल मंत्र बन गया।

9

संगति का प्रभाव

"स्वाति नक्षत्र की बूंद जब केले पर पड़ती है तो कपूर बन जाती है, यदि सीप पर गिरती है तो मोती बन जाती है और जब यही बूंद काले नाग के मुंह में गिरती है तो विष बन जाती है। ठीक उसी तरह व्यक्ति जैसी संगति में बैठता है, वैसा ही बन जाता है।"

सत्संगति का अर्थ है– श्रेष्ठ पुरुषों की संगति। मनुष्य जब अपने से अधिक बुद्धिमान, गुणवान एवं योग्य व्यक्तियों के सम्पर्क में आता है तब उसमें स्वयं ही अच्छे गुणों का उदय होने लगता है और उसके दुर्गुण नष्ट होने लगते हैं। साधारण–से–साधारण व्यक्ति और नीच–से–नीच व्यक्ति भी सत्पुरुषों के साथ रहने से उच्च स्थान पा लेता है।

कबीरदास जी ने लिखा है–

कबिरा संगत साधु की, हरै और की व्याधि।
ओछी संगत नीच की, आठो पहर उपाधि।

अच्छे पुरुषों के सम्पर्क में आने से हमारे आचरण पर गहरा प्रभाव पड़ता है। हमारा चरित्र निर्मल हो जाता है। अच्छी संगति के प्रभाव से अनेक दुश्चरित्र व्यक्ति सच्चरित बन गए, अनेक क्रूर पुरुष सत्संगति से ही महापुरुष बन गए।

गोस्वामी तुलसीदास ने लिखा है–

सठ सुधरिहिं सत्संगति पाई, पारस परस क धातु सुहाई।
सत्संगति से मनुष्य में धैर्य, साहस और सांत्वना का संचार होता है।

संत कवि कबीरदास ने कहा है कि "अच्छे लोगों की मित्रता से व्यक्ति आसमान की ऊँचाई के समान उन्नति कर सकता है जबकि दुर्जनों की मित्रता के कारण वह अपयश और दुःख रूपी कीचड़ में डूब जाता है। इसलिए भले और अच्छों से मित्रता करना ही समझदारी है।" उन्होंने कहा है–

कबीरा संगत साधु की, ज्यों गंधी की बास

जो गंधी कछु दे नाहिए सो भी बास सुवास।

बहरहाल गुणवान लोगों की मित्रता से सभी प्रकार की खुशियां पायी जा सकती है।

स्वामी विवेकानंद की संगति से नर्तकी का हृदय परिवर्तन

स्वामी विवेकानंद खेतड़ी के राजा के मेहमान थे। पुत्र जन्म की खुशी में राजा ने नर्तकी को बुलाया। नर्तकी को देखते ही स्वामीजी उठकर चले गए। यह देखकर नर्तकी ने नाचने से मना कर दिया। उसने सूरदास का पद गाया–

प्रभुजी मेरे अवगुन चित न धरो।
समदरसी है नाम तिहारो चाहो तो पार करो॥
इक लोहा पूजा में राखत, इक घर बधिक परो।
पारस गुन-अवगुन नहीं चित्तवन, कंचन करत खरो॥

अंतिम पंक्तियाँ सुनकर स्वामीजी विभोर हो गए। उन्होने अपने कक्ष से बाहर आकर नर्तकी को प्रणाम किया। और बोले–

"माँ! आज तुमने मुझे नया सबक सिखाया है।"

गायिका उनके चरणों में गिरकर बोली– "प्रभू यदि आप जैसे महात्मा भी हमसे नफरत करेंगे तो हमारा उद्धार कौन करेगा? आप तो पारस हैं, आप तो जंग खाए लोहे को भी सोने–सा खरा बना सकते हैं।"

स्वामी विवेकानंद ने नर्तकी को आशीर्वाद दिया। स्वामीजी की अल्प समय संगति से उसका हृदय परिवर्तन हो गया और वह नर्तकी से सद्‌गृहिणी बन गई।

ठीक ही कहा गया है–

एक घड़ी आधी घड़ी आधी में से पुनः आध
रहिमन संगत साध की हरै कोटि अपराध।

तोतों पर संगति का असर

एक व्यक्ति के पास एक जैसे दो तोते थे। एक बार उसके घर एक डाकू आया, उसे एक तोता बहुत पसंद आया, उसे वह ले गया। दूसरा तोता मालिक ने एक संत को दे दिया जो भगवान का बड़ा भक्त था।

दो माह बाद जब वह व्यक्ति उस संत के यहां पहुंचा तो तोते ने कहा– ''राम–राम, घर पर आया मेहमान।'' उस व्यक्ति ने सोचा, अहा! तोता कितना अच्छा है! मेहमान का स्वागत करता है। राम का नाम भी लेता है। वह आगे चला और डाकू सरदार के घर गया जो उससे पहला तोता ले गया था।

दूर से आते व्यक्ति को देखकर तोता चिल्लाया, ''अरे आओ, मारो–मारो, काटो–काटो, लूटो–लूटो'' उस व्यक्ति ने सोचा, ये दोनों तोते एक मां के बेटे हैं, दोनों भाई हैं लेकिन दोनों में कितना अन्तर है। एक कहता है– ''आओ स्वागतम्, राम–राम।'' दूसरा कहता है– ''मारो–काटो, लूटो।'' उसे समझते देर नहीं लगी कि तोता जिस के पास रहा, जैसी संगति में रहा वैसा ही उस पर असर हुआ। व्यक्ति भी जैसी सोहबत पाता है यानी जैसी उसकी मित्र मण्डली होती है वैसा ही बनता जाता है।

कुसंगति से बचें

हम जिन लोगों के बीच रहते हैं, अपना अधिकांश समय गुजारते हैं, उनसे हमारा परिचय होता है, संबंध प्रगाढ़ होते हैं, दोस्ती बढ़ती है और हम को लगता है कि ये सब हमारे दोस्त हैं। लेकिन अपना विवेक जाग्रत कर देखें कि क्या वास्तव में वे सभी दोस्ती लायक हैं? अगर किसी में कोई बुरी लत है तो आप स्वयं को अलग करलें, नहीं तो वे बुरी आदतें आपको भी लग जायेंगी। शराब पीने की, सिगरेट पीने की, गुटका खाने की आदतें इसी प्रकार की मित्र मण्डली की सोहबत से लगती हैं।

संगति के बारे में किसी ने क्या खूब कहा है–

"जरा ध्यान रखना साहब संगत आपकी खराब होगी और बदनाम मां-बाप और संस्कार होंगे।"

कुसंगति का प्रभाव

जो व्यक्ति कुसंगति का शिकार है उससे दुर्भाग्यशाली तो कोई भी न होगा क्योंकि ऐसा व्यक्ति स्वयं ही जानबूझ कर अपने जीवन को बर्बाद करता है। बुरे लोगों के साथ रह कर वह बुरी बातें सीखता है। बुरी बातें, बुरे कार्य व्यक्ति को कभी उभरने नहीं देते। वास्तव में कुसंगति

का प्रभाव मनुष्य की सफलता रूपी वृक्ष पर लिपटे हुए उस अमरबेल की तरह है जो वृक्ष का रस चूस–चूस कर उनकी प्रगति का रास्ता अवरुद्ध कर देता है।

इन दिनों नशेबाजी का प्रचलन दिनों–दिन बढ़ता जा रहा है। नशे अनेक प्रकार के होते हैं। भांग, गांजा, अफीम, चरस, शराब तो बहुत दिनों से प्रचलित है ही, अब हेरोइन, मारीजुआना, स्मैक नाम के अनेक प्रकार के रासायनिक नशे चल गए हैं, जो सेवन करने वालों को कुछ ही दिनों में विक्षिप्त स्तर का बना कर मौत के मुंह में धकेल देते हैं। बीड़ी, सिगरेट, जर्दा का गुटका जैसे नशे भी अब दैनिक व्यवहार में सम्मिलित हो गए हैं।

नशेबाजी का श्रीगणेश दूसरों के देखा–देखी चस्का चखने की दृष्टि से होता है। कुछ रोज तो यार–दोस्तों के साथ चल पड़ता है, फिर स्वतः बढ़ने लगता है। कुछ फुर्ती–चुस्ती जैसा दिखाई देने लगता है किन्तु यह वैसा ही अनुभव होता है जैसे चिड़िया या मछली को जाल में फसाने के लिए कुछ लालच दिखाया जाता है और बाद में उनका कचूमर निकाला जाता है। नशे कुछ समय बाद में आदत बन जाते हैं। नशे की पर्याप्त मात्रा न मिलने पर बार–बार नशे की तलब उठती है। न मिलने पर बेचैनी होती है। आदत सुधारने का मनोबल नहीं रहता।

व्यसन का आदी व्यक्ति कुछ भी उपाय करके उसे पूरा करने का प्रयास करता है। एक ओर जीवन शक्ति घटती जाने से काम–धंधा पूरी तरह से ठीक नहीं रह पाता। अतएव आमदनी घटना स्वाभाविक ही है। दूसरी ओर नशे खरीदने के लिए अधिकाधिक पैसों की मांग बढ़ती जाती है। यह अधिकता बरबादी की ओर ले जाती है।

नशे–बाजों का स्वास्थ्य खराब होता है। बौद्धिक क्षमता घटती जाती है। फलस्वरूप कर्ज लेने से घर का सामान बेचने और चोरी, उठाईगिरी, जालसाजी जैसे असामाजिक तरीके अपनाकर किसी प्रकार काम चलाते हैं और अपनी प्रतिष्ठा हर किसी की दृष्टि में गिरा लेते हैं। उनका न सम्मान रहता है और न ही उन्हें कोई सहयोग करता है। इस प्रकार नशा हर हालत में सर्वनाशी है। लाभ तो किसी का कुछ होता ही नहीं है।

गांधीजी पर कुसंगति का प्रभाव

गांधीजी जब हाई स्कूल में अध्ययनरत थे, उस समय उनके दो मित्र थे। उनमें से एक मित्र की संगति लम्बे समय तक रही। उस मित्र में कई दोष थे, लेकिन गांधी उसे वफादार मानते थे। इसलिए उससे दोस्ती नहीं छोड़ना चाहते थे, जबकि उनकी माता, बड़े भाई और धर्मपत्नी तीनों को उसकी संगति कतई अच्छी नहीं लगती थी। उनकी पत्नी ने तो उन्हें कई बार उसकी संगति छोड़ने की चेतावनी दी किन्तु गांधीजी ने नहीं मानी।

गांधीजी के मित्रों और उनके मझले भाई ने उन्हें मांसाहारी बनने के लिए प्रेरित किया और उनके समक्ष जो तर्क दिए वे उन्हीं के शब्द में व्यक्त किए जा रहे हैं– जो उन्होंने अपनी आत्मकथा सत्य के प्रयोग में लिखे हैं।

"हम मांसाहार नहीं करते इसलिए प्रजा के रूप में हम बलहीन हैं। अंग्रेज हम पर इसलिए राज्य करते हैं कि वे मांसाहारी हैं। मैं कितना मजबूत हूं, कितना दौड़ सकता हूं सो तुम जानते ही हो। इसका कारण मांसाहार ही है। मांसाहारी को फोड़े नहीं होते, होने पर जल्दी अच्छे हो जाते हैं। हमारे शिक्षक मांस खाते हैं, प्रसिद्ध व्यक्ति मांस खाते हैं तो क्या बिना समझे खाते हैं? तुम्हें भी खाना चाहिए। खाकर देखो तो मालूम होगा कि तुममें कितनी ताकत आ जाती है!"

"कुसंगति में पड़कर मैंने मांसाहार लेना शुरू कर दिया। माता–पिता से झूठ बोलकर। लेकिन मेरे मन में विचार आया कि माता–पिता को धोखा देना और झूठ बोलना तो मांस खाने से भी बुरा है। अतः मांसाहार का त्याग कर दिया। जब से मांसाहार छूटा सो सदा के लिए छूट गया।"

"इसी तरह मैं संगति के कारण व्यभिचार में फंस जाता। एक बार मेरे मित्र मुझे वेश्याओं की बस्ती में ले गए। वहां मुझे योग्य सूचनाएं देकर एक स्त्री के मकान में भेजा, मुझे वहां पैसा वगैरा नहीं देना था, हिसाब पहले ही हो चुका था। मुझे सिर्फ दिल बहलाने की बात करना थी। मैं घर में घुस तो गया पर जिसे ईश्वर बचाना चाहता है, वह गिरने की इच्छा रखते हुए भी पवित्र रह सकता है। उस कोठरी में तो मैं बिल्कुल अंधा बन गया, मुझे बोलने तक का होश नहीं रहा। औरत ने गुस्से में आकर मुझे दो चार खरी–खोटी सुनायी और दरवाजे की राह दिखाई।"

गांधी जी का स्पष्ट मत था कि मित्र एक दूसरे को प्रभावित किये बिना रह ही नहीं सकते। अतः कुसंगति से सदैव बचना चाहिए।

बुरी संगति से बनी दुर्गति

एक चित्रकार किसी अत्यंत सौम्य किशोर का चित्र बनाना चाहता था। ऐसे लड़के की तलाश में वह अनेकों स्थानों पर वर्षों तक भटकता रहा। बहुत परेशानी से एक ऐसा लड़का मिला जिसके रोम–रोम से सज्जनता टपकती थी। उसे सामने बिठाकर चित्र बनाया। चित्र बहुत सुन्दर बना। उसे लोगों ने बहुत पसंद किया, उसकी बाजार में बिक्री से चित्रकार को बहुत धन भी प्राप्त हुआ। चित्रकार की सर्वत्र प्रशंसा होने लगी।

कई वर्षों बाद चित्रकार को सूझा कि वह एक अत्यंत घृणित और दुष्ट भाव–भंगिता वाले अपराधी का चित्र बनाए। इसके लिए वह अपराधियों के अड्डे, दुराचारियों के आवास–स्थलों और बंदीगृहों का भ्रमण करने लगा। अन्त में उसे एक बंदीगृह में एक बड़ी डरावनी आकृति का आदमी मिला। चित्रकार ने उसका चित्र बनाया वह भी बहुत बिका।

सज्जनता और दुष्टता की दो परस्पर विरोधी प्रतिकृतियों की इस अद्‌भुत जोड़ी से उसने चित्र जगत में बहुत प्रसिद्धि प्राप्त कर ली।

एक दिन वही दुष्ट, दुराचारी व्यक्ति जेल से पेरोल पर छूट कर चित्रकार से मिलने जा पहुंचा। चित्रकार ने उसका परिचय पूछा तो उसने कहा– ''वे दोनों चित्र मेरे आपने ही बनाए हैं। जब मैं बालक था तब सौम्य था और जब अधेड़ हुआ तो मैं ऐसा ही भयंकर दुष्ट हो गया। क्या आप इस रहस्य को जानते हैं?''

चित्रकार आश्चर्यचकित रह गया। उसके लिए तो ऐसी बात सुनना अकल्पनीय था। अतः उसने पूछा– ''तुम, तुम भला इस प्रकार कैसे परिवर्तित हो गए?'' अधेड़ ने मुंह ढक लिया। उसकी आंखों से आंसुओं की धारा निकलने लगी। रूंधे गले से बोला– ''बुरी संगति ने मेरी यह दुर्गति बनाई।''

बंदर से दोस्ती जी का जंजाल

एक समय की बात है, एक राजा और बंदर में दोस्ती हो गई। बंदर रोज राजमहल में आने लगा, राजा की उससे निकटता बढ़ गई। राजा

ने सोचा की आदमी तो धोखा भी दे सकता है लेकिन बंदर मुझे कभी धोखा नहीं देगा। अतः राजा ने अपनी निजी सुरक्षा का कार्य भी बन्दर को सौंप दिया। एक दिन राजा बगीचे में घूमने गया। शीतल मंद हवा चल रही थी, राजा एक पेड़ के नीचे बैठा ही था कि उसे नींद आ गई। बंदर भी राजा के पास बैठा रखवाली कर रहा था। तभी मक्खी आयी, जो कभी राजा के सिर पर बैठती, कभी नाक पर, कभी छाती पर और कभी गर्दन पर। बन्दर ने बार–बार मक्खी को हटाने की कोशिश की लेकिन वह जिनती बार हटाता, मक्खी उड़ती और फिर आकर कहीं न कहीं बैठ जाती। बन्दर को गुस्सा आ गया कि यह मक्खी बार–बार मेरे दोस्त को क्यों तंग कर रही है। उसने राजा की तलवार उठाई, यह सोच कर कि मक्खी को जान से ही मार देता हूं। मक्खी राजा की नाक पर बैठी थी कि बन्दर ने तलवार चला दी, मक्खी तो उड़ गई पर राजा की नाक कट गई।

इसीलिए कहा गया है–

बन्दर की दोस्ती जी का जंजाल। नादान और मूर्ख की दोस्ती का यही नतीजा होता है।

कुत्तों से ज्यादा भेड़ों की वंश समृद्धि का राज

एक राजा का मंत्री 'बीरबल' की तरह ही बुद्धिमान था। जब कभी राजा के सामने कोई समस्या आती तो वह मंत्री से विचार विमर्श करता और मंत्री उसका समाधान बता देता। एक रोज दोनों ही काम–काज से मुक्त होकर हल्की–फुल्की बातें कर रहे थे। एकाएक राजा ने मंत्री से प्रश्न किया–

''मंत्रीजी! जरा बताइए कि कुत्तों के झुण्ड क्यों नहीं दिखाई देते जबकि भेड़ों के झुण्ड बहुत देखने को मिलते हैं? हालांकि कुत्ते भेड़ों से अधिक बच्चे पैदा करते हैं।''

मंत्री ने कहा– "महाराज! आपको कल आपके प्रश्न का उत्तर मिलेगा।"

फिर वह राजा को लेकर महल के पश्चिमी हिस्से में पहुंचा। वहां उसने एक कोठरी में बीस कुत्ते बंद करवा दिए और उनके बीच रोटियों से भरी एक बड़ी टोकरी रख दी। मंत्री ने फिर दूसरी कोठरी में बीस

भेड़ें बंद करवा दीं और उनके बीच चारे की एक टोकरी रखवा दी। ऐसा करने के बाद वे दोनों लौट आए।

अगले रोज सुबह राजा और मंत्री वहां पहुंचे। राजा ने देखा कि सभी कुत्ते मरे पड़े हैं और उनके बीच रखी रोटी की टोकरी भरी–की–भरी रखी है। कुत्ते रोटी के लिए आपस में लड़ते–लड़ते मर गए। दूसरी कोठरी में सभी भेड़ें एक दूसरे पर अपना मुंह रखकर सो रही थीं। और चारे की टोकरी खाली थी। तब मंत्री ने कहा कि "महाराज! कुत्तों में दोस्ती और भाईचारा नहीं है। इसलिए मिल बांटकर रोटी खाने के स्थान पर वे लड़–लड़ कर मर गए। इसीलिए उनके द्वारा ज्यादा बच्चे पैदा करने के बावजूद कमी आ जाती है। जबकि भेड़ों में दोस्ती और एकता के कारण उनका वंश समृद्ध दिखाई देता है। इसलिए उन्होंने प्रेम से मिलकर चारा खाया।" राजा को उसके प्रश्न का उत्तर मिल गया।

शेर का बच्चा भेड़ों की संगति में

एक शेर का बच्चा जन्म लेते ही गलती से भेड़ों के झुण्ड में जा मिला। वहां पर भेड़ों के बच्चों के साथ बड़ा होता गया और खुद को भेड़ का बच्चा मान बैठा। एक रोज वहां से एक बड़ा शेर गुजर रहा था। भेड़ों के झुण्ड में शेर के बच्चे को देखकर उसे बड़ी हैरानी हुई। उसकी हैरानी उस समय और भी बढ़ गई जब वह उसको भेड़ की तरह मिमियाते और व्यवहार करते देखता है। शेर उसके पास जाता है तो भेड़ों के झुंड के साथ शेर का बच्चा भी भागने लगता है। शेर उसको किसी तरह पकड़ लेता है और नदी के किनारे ले जाता है। वहां पानी में उसको शक्ल–सूरत दिखाकर समझाता है कि वह भेड़ नहीं, शेर का बच्चा है। बात समझते ही शेर का बच्चा दहाड़ मारता है और शेर की तरह शान से जीने लगता है।

10

दोस्ती के बारे में जानें कुछ उपयोगी बातें

दीया मिट्टी का हो या सोने का यह महत्वपूर्ण नहीं है बल्कि वो अंधेरे में प्रकाश कितना देता है यह महत्वपूर्ण है। उसी प्रकार मित्र गरीब है या अमीर यह महत्वपूर्ण नहीं है बल्कि मुसीबत में आपका कितना साथ देता है यह महत्वपूर्ण है।

लोग अलग–अलग वजहों से मित्रता स्थापित करते या दोस्त बनाते हैं। मित्रता कई तरह की हो सकती है।

1. **सुख का साथी (Fair weather friend)**
   ऐसी मित्रता तभी तक कायम रहती है जब तक मित्रता में खुशी और मजा है। जैसे ही परिस्थितियां बदलती हैं या खराब समय आता है तो मित्रता टाटा हो जाती है।
2. **परस्पर सुविधा की मित्रता (Friendship of convenience)**
   यह मित्रता भी तभी तक रहती है जब तक परस्पर कोई सुविधा मिल रही है। जैसे पड़ोसी से सामान का लेन–देन, एक दूसरे के स्कूटर या कार में साथ–साथ ऑफिस, बाजार या थियेटर जाना।
3. **उद्देश्य की मित्रता (Friendship of purpose)**
   ऐसी मित्रता में स्वार्थ छिपा हुआ रहता है। इसका उद्देश्य होता है कि अगर सामने वाला हैसियत वाला है, धनवान है, प्रतिष्ठित है, नेता है तो ऐसी व्यक्ति की जरूरत मौके–बे–मौके पड़ सकती है। अतः इनसे सम्बन्ध या मित्रता बनाकर रखने का विचार दिमाग में रहता है ताकि समय पड़ने पर काम आ सके। इस प्रकार की मित्रता में मतलब पूरा होने पर मित्रता का अन्त हो जाता है।
   किसी ने ठीक ही कहा है–

गरीबी में टूट जाते हैं रिश्ते जो खास होते हैं।
दुश्मन भी दोस्त बन जाते हैं जब पैसे पास होते हैं।

4. दुश्मन का दुश्मन दोस्त

पुराने समय से ही चला आ रहा है कि दुश्मन का दुश्मन, मित्र बन जाता है। लेकिन यह मित्रता तभी तक कायम रहती है जब तक दोनों का दुश्मन एक है। जैसे ही बीच का दुश्मन चला जाए तो उसी समय मित्रता भी चली जाती है।

5. सच्ची मित्रता

जहां दो दिलों का एकीकरण होता है, जहां सच्चे हृदय से दो व्यक्ति आपस में आत्मभाव, अपनापन स्थापित करते हैं, वहां दोस्ती का बीज जन्मता है। जब व्यक्ति को पूरी तरह विश्वास हो जाता है कि अमुक व्यक्ति सच्चे रूप से मेरे प्रति आत्मीयता रखता है, मेरी कमियों और कमजोरियों को जानते हुए भी उदार दृष्टिकोण रखता है, मेरी प्रगति में सहायक, दुःख–सुख में साथी और संकट के समय ढाल–तलवार बन खड़ा हो जाता है, तो उसके प्रति अंतःकरण में प्रेम पैदा हो जाता है। दो हृदयों में एक दूसरे के प्रति आत्मीयता होना ही सच्ची मित्रता है। सच्ची मित्रता के बारे में तिरूवल्लुवर का कथन है–

जो बुराई से बचाता है, नेक राह पर चलाता है और मुसीबत के समय तुम्हारा साथ देता है, बस वही तुम्हारा सच्चा मित्र है।

पत्र-मित्र (Pen Friend)

आज से लगभग 30 वर्ष पहले तक पत्र–मित्र बनाने का बहुत प्रचलन था। जो अब प्रायः लुप्त हो गया है। समाचार पत्र–पत्रिकाओं द्वारा पत्र–मित्र बनाने के इच्छुक युवक–युवतियों से उनका विवरण बुलाया जाता था, जिसमें नाम, आयु, हॉबी, शिक्षा, पता का उल्लेख करना होता था, जिसे वे अपने समाचार पत्र–पत्रिकाओं में प्रकाशित करते थे। मित्रता चाहने के इच्छुक लोग प्रकाशित विवरण पढ़कर प्रकाशित पते पर अपना परिचय देते हुए पत्र लिखते थे। उत्तर या सहमति आने पर पत्र–मैत्री स्थापित हो जाती थी। मित्रों के बीच पत्र व्यवहार का सिलसिला प्रारम्भ हो जाता था। फोटो का आदान–प्रदान भी होता था। पर यह मित्रता प्रायः पत्र व्यवहार तक ही सीमित रहती थी। पत्र–मित्रों की व्यक्तिगत मुलाकात कम ही हो पाती थी।

उस समय कई 'पेन फ्रेन्डस् क्लब' भी बने हुए थे, जो पत्र–पत्रिकाओं में विज्ञापन देकर पत्र–मित्र बनाने के इच्छुक युवक–युवतियों के बायोडॉटा आमन्त्रित करते थे। बाद में इन बायोडाटा की अदला–बदली कर दोनों पक्षों से आपस में पत्र व्यवहार करने को कहा जाता था। 'पेन फ्रेन्डस् क्लब' के माध्यम से देश के नहीं अन्य देशों के लोगों से भी मित्रता की जा सकती थी।

मित्रता दिवस (Friendship day)

अन्तर्राष्ट्रीय मित्रता दिवस या फ्रेन्डशिप डे हर वर्ष अगस्त माह के पहले रविवार को मनाया जाता है। सर्वप्रथम मित्रता दिवस 1958 में मनाया गया था। इस दिन जो युवक–युवतियाँ मित्रता स्थापित करना चाहते हैं, वे एक दूसरे की कलाई में फ्रेन्डशिप बेल्ट बांधते हैं। मित्रता दिवस मनाने का उद्देश्य विश्व में मैत्री भाव पैदा करना है।

पुराने समय में दोस्ती की स्थापना

पुराने समय में मित्रता की संस्थापना एक संस्कार के रूप में की जाती थी। चूंकि पहले पगड़ी या टोपी पहनने का आम रिवाज था। अतः पगड़ी बदलना या टोपी बदलना, मित्र बनने का मुख्य चिन्ह था। दो मित्र आपस में अपनी पगड़ी या टोपी बदल लेते थे। इस कर्मकांड को गुरुदीक्षा या पाणिग्रहण संस्कार जैसा पवित्र एवं जीवन पर्यन्त निभाने योग्य समझा जाता था।

महिलाओं में 'भायली' या 'सखी' बनने के लिए चुनरी बदलने की प्रथा थी। स्त्रियां आपस में अपनी चुनरी बदल लेती हैं और फिर जीवन–भर भायली या सखी या बहन का रिश्ता निभाती हैं।

इस प्रकार के रिश्ते के बारे में किसी ने क्या खूब कहा है–

दवा तो बाजार में बिकती है, दोस्ती की कोई रेट नहीं होती,
खास बात तो यह है, दोस्ती की कोई एक्सपायरी डेट नहीं होती।

छत्तीसगढ़ी संस्कृति में दोस्ती का अनूठा रिश्ता

दोस्ती को चिरस्थायी बनाने के लिए जिस प्रकार की व्यवस्था छत्तीसगढ़ की संस्कृति में है, वैसी दुनिया में शायद ही कहीं हो। यहां की

परम्परा है, एक दूसरे को मितान (दोस्त) या मितानिन (सहेली) बनाना या घोषित करना, जो दोस्ती या मित्रता के संबंध को खून के रिश्तों से भी ज्यादा मजबूत बना देती है। और यह संबंध सुख–दुःख दोनों में जिन्दगी भर कायम रहता है। इसी संदर्भ में किसी शायर ने क्या खूब कहा है–

क्यों मुश्किलों में साथ देते हैं 'दोस्त'।
क्यों गम को बांट लेते हैं दोस्त॥
न रिश्ता खून का न रिवाज से बंधा है।
फिर भी जिन्दगी भर साथ देते हैं दोस्त॥

छत्तीसगढ़ की मित्रता की दुर्लभ परम्परा को अमेरिका की अटलांटा यूनिवर्सिटी के पाठ्यक्रम में स्थान दिया गया है। प्रो. जोए फ्रैंकलगन ने भारतीय संस्कृति पर एक पुस्तक लिखी है, जिसमें छत्तीसगढ़ की संस्कृति और विभिन्न परम्पराओं से जुड़े अध्याय भी शामिल हैं। अटलांटा यूनिवर्सिटी के प्रोफेसर जोएस फ्रैंकलगन की 55 वर्षीय बेटी भी अमेरिका में हर किसी को मितान परम्परा अपनाने को कहती है। वह स्वयं भी फ्रेन्डस नहीं मितातिन बनाती है।

छत्तीसगढ़ में मितान बनाने के लिए आदान–प्रदान की जाने वाली वस्तुओं के आधार पर इनके नाम भी है, जैसे भोजली मितान, दौनापान गंगाजल, सखी महाप्रसाद, गोंदना (टैटू) आदि।

मितान–मितानिन के रिश्ते दिल से बनाये और निभाए जाते हैं इसलिए अटूट रहते हैं।

किसी शायर ने कहा है–

यह दिल का रिश्ता है कभी टूटता नहीं
यह वक्त और फासले से भी छूटता नहीं।

फेसबुक और व्हाट्सअप ग्रुप फ्रेन्डस्

आजकल तो फेसबुक और व्हाट्सअप ग्रुप के मित्र, वह भी बड़ी संख्या में बनाने का फैशन चल पड़ा है। इस प्रकार बनाए गये मित्र मुसीबत के समय प्रायः काम नहीं आते, उनसे मित्रता सामान्यतया मनोरंजन और टाइमपास तक ही सीमित रहती है। जो मित्र पहले से ही व्यक्तिगत रूप से जुड़े हुए होते हैं, वे ही काम आते हैं।

एक 50 वर्षीय व्यक्ति के फेसबुक पर 1100 दोस्त और 25 व्हाट्सअप ग्रुप के रिश्ते होने के बाद भी जब उसे हार्ट अटैक आया और वह दस रोज तक आई.सी.यू. में रहा तो आई.सी.यू. के बाहर सिर्फ उसकी पत्नी, बच्चे और उसके दो पुराने दोस्त ही खड़े हुए दिखायी दिए। फेसबुक और व्हाट्सअप ग्रुप का कोई मित्र नज़र नहीं आया।

अतः आप फेसबुक और व्हाट्सअप की काल्पनिक दुनियाँ से बाहर निकलिये और अपने परिवार एवं सच्चे मित्रों से जुड़े रहिए जो कि आपकी वास्तविक दुनिया हैं।

किसी ने क्या खूब कहा है –

सच्ची दोस्ती बेजुवान होती है,
यूं तो आँखों से बयान होती है,
दोस्ती में कोई दर्द मिलें तो क्या?
दु:ख-दर्द में ही तो, अपने-परायों की पहचान होती है।''

11

पुरुषों और महिलाओं के बीच दोस्ती

काजल लागे किरकिरी, सुरमा सहा न जाए।
जिन आँखों में मित्र बसे, दूजा कौन समाए।।

एक समय ऐसा भी था जब पुरुष और महिला के बीच दोस्ती अकल्पनीय मानी जाती थी। यहाँ तक कि सहशिक्षा यानि लड़के–लड़कियों का एक साथ, एक विद्यालय, महाविद्यालय में अध्ययन पर पाबंदी थी। भारत में ही नहीं पश्चिमी जगत् में भी सहशिक्षा का प्रचलन नहीं था। यूरोप में सहशिक्षा का जन्म स्विजरलैण्ड में हुआ फिर शनैःशनैः इंग्लैण्ड, फ्रान्स और अमेरिका में भी बढ़ने लगा। उन्नीसवीं शताब्दी में भारत में सहशिक्षा का प्रचलन हुआ। प्रारम्भ में इसका विरोध हुआ लेकिन अब स्थिति पूरी तरह बदल चुकी है।

लड़के–लड़कियाँ साथ–साथ पढ़ते हैं तो उनमें दोस्ती होना स्वाभाविक है। पहले तो महाविद्यालय में पढ़ने वाले लड़के–लड़कियों में ही दोस्ती हुआ करती थी, लेकिन अब तो नौवी, दसवीं कक्षा से इसका श्री गणेश होना देखा जा सकता है। कम आयु की मित्रता में प्रायः पवित्र भाव रहता है। इस आयु में लड़के–लड़कियों के बीच दोस्ती एक–दूसरे के नोट्स और पुस्तकों का आदान–प्रदान, बर्थ डे सेलीब्रेट करना, पिकनिक पार्टी करना आदि तक सीमित रहती है। इस मित्रता में स्वार्थ की भावना नहीं रहती या नगण्य रहती है। स्कूल की मित्रता के रिश्ते जीवन भर याद रहते हैं।

किसी ने ठीक ही कहा है –

रिश्ते, वो नहीं, जिसमें रोज बात हो,
रिश्ते वो भी नहीं, जो हर पल साथ हो,
रिश्ते तो वो होते हैं जिसमें कितनी भी दूरी हो
फिर भी दिल में उसकी याद हो।

महाविद्यालयीन शिक्षा के दौरान छात्र-छात्राओं में दोस्ती

विश्वविद्यालय और महाविद्यालय में अध्ययनरत छात्र–छात्राओं के बीच दोस्ती होना वर्तमान में सामान्य बात हो गई है। इस प्रकार की मित्रता के कई लाभ हैं। इस मित्रता में स्वस्थ प्रतिस्पर्धा की भावना होती है, जैसे 'मेरे मार्क्स मेरे मित्र के मार्क्स से ज्यादा आएं।' इसके लिए मेहनत से अध्ययन करने की प्रेरणा मिलती है। इसके साथ ही पढ़ाई में एक–दूसरे की सहायता करना, कैरियर एवं रोजगार संबंधी सूचनाओं का आदान–प्रदान करना आदि।

कॉलेज की मित्रता प्रायः लम्बे समय तक चलती है। यही से लड़के–लड़कियों के बीच अफेयर का प्रारम्भ भी होता है और कुछेक की मित्रता प्रेम में बदल जाती है तो प्रेम–विवाह (Love Marriage) का कारण बनती है। अधिकांश प्रेम–विवाह अर्न्तजातीय होते हैं।

बायफ्रेंड रखना जरूरी भी

कॉलेज में अध्ययन के दौरान अधिकांश लड़कियों की लड़कों से दोस्ती हो जाती है। यह भी देखा गया कि कुछ लड़कियाँ ऐसी भी होती हैं जो लड़कों से दोस्ती नहीं करना चाहती या लड़कों से दोस्ती करने में उनकी कोई दिलचस्पी नहीं होती किन्तु बायफ्रेन्ड रखना या बनाना उनकी मजबूरी होती है क्योंकि जिन लड़कियों का कोई बायफ्रेण्ड नहीं होता उन्हें दूसरी लड़कियाँ अथवा उनकी ही सहेलियां वेकबर्ड समझती हैं, उनमें कमियाँ निकालती हैं तथा उन्हें सम्मान नहीं देती, अतः ऐसी स्थिति में उन्हें बायफ्रेंड बनाना पड़ता है।

अविवाहित महिला व अविवाहित पुरुषों की दोस्ती

अविवाहित महिला व अविवाहित पुरुषों की दोस्ती महानगरों के अलावा छोटे–छोटे शहरों में भी तेजी से फैलती जा रही है। साथ–साथ एक ही कार्यालय में काम करते तथा अन्य सामाजिक संगठनों, क्लबों आदि के माध्यम से सम्पर्क में आकर ऐसी मित्रता जन्म लेती है। ऐसी मित्रता में विपरीत लिंगी आकर्षण, किसी के अच्छी पोजीशन या पद, अच्छा

सामाजिक रुतबा, सम्पन्नता के अतिरिक्त कुछ विशेष गुण जैसे लेखन कार्य, साहित्यकार, राजनीतिज्ञ आदि तत्व हो सकते हैं।

अविवाहित पुरुष और अविवाहित महिला के बीच मित्रता को भारतीय समाज में स्वस्थ दृष्टि से नहीं देखा जाता था, परन्तु 21वीं सदी के बदलते दौर में ऐसी मित्रताएँ आम होती जा रही हैं। अविवाहित स्त्री–पुरुष की मित्रता अगले चरण में शादी के बंधन में भी बंध सकती है या फिर लिव इन रिलेशनशिप में भी रह सकते हैं।

लिव इन रिलेशनशिप

लिव इन रिलेशनशिप पश्चिमी सभ्यता और आधुनिक जीवन शैली का परिणाम है। इसमें स्त्री–पुरुष साथ–साथ रहते हुए भी अपनी स्वतंत्रता बनाए रख सकते हैं और वैवाहिक बंधन से मुक्त रहते हैं। भारत में इस प्रथा का श्री गणेश गुजरात से हुआ था। अब तो पूरे देश में फैल गया है। पूर्व में इस प्रकार के रिश्ते फिल्मी व टीवी अभिनेता, अभिनेत्रियों के बीच ज्यादा चलन में थे लेकिन आजकल यह चलन महानगरों में होता हुआ बड़े–छोटे शहरों तक पहुँच गया।

कुछ लोगों का मानना है कि मित्रता से लिव इन रिलेशनशिप तक पहुँचना मित्रता के सिद्धान्तों के विपरीत है।

विवाहित महिला व विवाहित पुरुष की दोस्ती

कई विवाहित महिलाएँ, विवाहित पुरुषों से मित्रता करने की इच्छुक रहती हैं। इसके पीछे पुरुष का पैसा, पद, प्रभाव आदि कारक हो सकते हैं। एक–साथ कार्य करने, क्लब तथा सामाजिक संगठनों में भागीदारी पर महिलाओं और पुरुषों का मिलना होता है, जो धीरे–धीरे मित्रता में बदल जाता है। मित्रता करना बुरा नहीं है पर उसकी भी मर्यादा होनी चाहिए। मर्यादा में रहकर विवाहित महिलाएँ विवाहित पुरुषों की केवल मित्र ही नहीं बल्कि भाई के समान मार्गदर्शन भी प्राप्त कर सकती है।

महिला-पुरुष मित्रता में सावधानी

दोनों पक्षों में से किसी एक पक्ष को यह लगे कि दूसरा व्यक्ति

उसका अनुचित लाभ लेने की कोशिश कर रहा है तो ऐसी मित्रता को सीमित कर देना चाहिए। कई विवाहित महिलाएं लच्छेदार बातें करने वाले पुरुषों की ओर आकर्षित होकर अपने पति के व्यक्तित्व को ऐसे व्यक्ति से तुलना में कमतर आंकने लगती हैं और उससे मित्रता कर लेती हैं। तुलना करना ठीक नहीं है। व्यक्ति तुलनीय नहीं होता। हर व्यक्ति में अलग–अलग विशेषताएँ होती हैं।

इसी प्रकार कुछ विवाहित व्यक्ति भी अपनी जीवन–संगिनी को अन्य महिला की तुलना में कमतर पाते हैं जिससे वह अन्य महिला से मित्रता करना चाहते हैं। वास्तव में ऐसी प्रवृत्तियाँ मित्रता के सिद्धान्त के प्रतिकूल हैं। पारिवारिक जीवन में कलह या मनमुटाव से बचने के लिए ऐसी सोच से दूर रहना उचित है।

12

दोस्त के रूप में छिपे भेड़ियों से सावधान

जमाने में आए हो तो जीने का हुनर भी रखिए
दुश्मनों से कोई खतरा नहीं, बस अपने पर नज़र रखिए।

आज की दुनिया में जहां हर चीज नकली होती जा रही है, दोस्त भी नकली होने लगे हैं। इसलिए दोस्ती करने में भावुकता और आवेग से काम नहीं लेना चाहिए। जहां तक हो सके कम दोस्त बनाएं। उन्हें भलीभांति समझ लें, परख लें, दोस्त बनाने में एक सीमा से ज्यादा उदारता न दिखाएं।

ऐसे भी लोग होते हैं जो निर्व्यसनी व्यक्तियों को कई प्रकार के व्यसन लगा देते हैं, और इस प्रकार भले, भोले और भावुक व्यक्तियों को न जाने कितनी चारित्रिक और आर्थिक हानि पहुंचाया करते हैं। जीवन में मित्रों का होना अनिवार्य है। किन्तु इससे बड़ी आवश्यकता इस बात की है कि किसी से दोस्ती स्थापित करने में अधिक–से–अधिक सावधानी और सर्तकता बरती जाए।

काम पड़े कछु और, काम सरे कछु और

आज के कई मित्रों को मित्र कहने की अपेक्षा शत्रु कहा जाए तो उचित होगा। साधारणतः आज का मित्र स्वार्थी है, वह आपके सामने मीठा बना रहकर, आपका जितना भी अहित चिन्तन कर सकता है, करता है। जब तक उसकी स्वार्थ सिद्धि, उसकी वासनाओं की शान्ति, और उसकी तृष्णा की पूर्ति आपके साथ है, आपका सहयोगी है, आपसे सहानुभूति रखता है, आपका प्रशंसक है। और जहां उसकी स्वार्थपूर्ति हुई या उस पूर्ति में कोई बाधा दिखाई पड़ी, वह आपके पास भी नहीं आयेगा। ऐसे लोगों, मित्रों को यदि चापलूस शत्रु की संज्ञा दी जाए तो कहीं अच्छा होगा। ऐसे मित्रों के बारे में संत कवि दादूदयाल का कथन बड़ा ही सटीक है–

काम पड़े कछु और, काम सरे कछु और
जिनसे मेरा जिऊ जरे जिनके ठीक न ठौर।

मन मैला तन ऊजरा

इतिहास के पन्नों को तो पलट कर देखिए– यदि कोई वीर की मृत्यु हुई है या बंधन में फंसा, तो वह मित्र ही के द्वारा। बड़े–बड़े क्रान्तिकारी यदि विदेशियों की पकड़ में आए, तो केवल अपने मित्रों की कृपा के फलस्वरूप। इस संबंध में किसी शायर का शेर बड़ा ही सटीक है–

खाके जो तीर देखा कीमगाह की तरफ
अपने ही दोस्तों से मुलाकात हो गई।

कीमगाह उस जगह को कहा जाता है जहां से छुपकर तीर चलाया जाता है। पीछे से किसी ने तीर चलाया, पीठ में लगा, दर्द भी हुआ, पीछे मुड़कर जब कीमगाह की ओर देखा, तो वहां कोई न कोई अपना मित्र बैठा हुआ, या तीर चलाते हुए दिखाई दिया। आज के अधिकांश दोस्तों का चित्रण उपरोक्त शेर से अधिक क्या हो सकता है।

आज तो ऐसे मित्र हैं जो मुंह के सामने कहेंगे कि आप अच्छे आदमी हैं। आप जैसे मित्र पाकर मैं धन्य हो गया, मैं सौभाग्यशाली हूं। और जहां पीठ मुड़ी और दूसरा कोई मिला तो कहने लगे– "देखा, नम्बर एक का बेईमान है, बदमाश है, इसके कई कारनामें मेरी डायरी में नोट हैं, आने तो दो मेरा मौका इसे ऐसा सबक सिखाऊँगा कि छठी का दूध याद आ जायेगा।" ऐसा मित्र जो सामने मीठा बोलता है और पीठ पीछे काम बिगाड़ता है उसकी तुलना कपटी बगुला से की गई है। किसी ने बिलकुल ठीक कहा है–

मन मैला तन ऊजरा बगुला कपटी अंग
तासौ तो कोवा भला, तन मन कएहि रंग।

कपटी मित्र ने हड़पा सब कुछ

इन्दौर के रितेश कुमार चौपड़ा और कुमार विजय साथ–साथ पढ़ते थे, उनमें बचपन से ही घनिष्ठ मित्रता थी। दोनों की निकटता देखकर कुछ लोग उन्हें भाई–भाई समझते थे, कभी–कभी तो लोग रितेश को कुमार और कुमार को रितेश समझने की भूल कर बैठते थे। हायर सेकण्ड्री पास करने के बाद एक ही कॉलेज से रितेश ने बी.कॉम. और कुमार ने बी.ए. किया।

स्नातक होने के बाद दोनो ने मिल कर व्यवसाय करने का विचार किया। बराबर की पूंजी लगाकर उन्होंने 'रितेश कुमार एण्ड सन्स' के नाम

से अनाज का व्यवसाय प्रारंभ किया। व्यवसाय में दोनों पूरी मेहनत और दक्षता से जुट गए। दोनों की मेहनत और सूझ–बूझ के कारण 10–12 वर्षों में व्यापार अच्छा चल निकला। करोड़ों का टर्नओवर होने लगा। रितेश जिसने बी.कॉम. किया था, हिसाब–किताब देखता था और कुमार का व्यवसाय के सिलसिले में इन्दौर से बाहर जाना–आना लगा रहता था।

कुमार एक बार व्यवसाय के कार्य से मुम्बई गया, वहां पर उसे अचानक हार्टअटैक आ गया। इन्दौर सूचना दी गई, उसका पार्टनर रितेश और कुमार विजय की पत्नी तथा बच्चे मुम्बई पहुंच गए। कुमार मुम्बई में लगभग 20–22 रोज अस्पताल में भर्ती रहा, किन्तु उसे बचाया नहीं जा सका। कुमार की 'डेड बॉडी' इन्दौर में लाकर उसका दाह संस्कार किया गया।

कुमार की मृत्यु के लगभग एक माह बाद उसकी पत्नी ने रितेश से कहा– "भाई साहब हमारा हिसाब कर दीजिए, धंधे में तो मैं आपका साथ नहीं दे सकती।" रितेश ने पहले तो कहा ठीक है, बाद में कई बार तकाजा लगाने के बाद अंतिम रूप से कह दिया कि भाभी साहिबा कुमार का कुछ भी देना नहीं निकलता। उल्टे तीन लाख रुपये हमारे निकलते हैं जो उनके इलाज आदि में खर्च कर दिए गये हैं। यह सुनकर कुमार की पत्नी हतप्रभ रह गई। उसका दिल बैठ गया।

रितेश और कुमार की पत्नियों में भी अच्छी पटती थी। कुमार की पत्नी ने रितेश की पत्नी से बात की और उसे वह जवाब बताया जो रितेश ने उसे दिया था। रितेश की पत्नी ने कहा– "हिसाब–किताब के मामले में तो मैं कुछ समझती नहीं, हां तुम्हारे भाई साहब ने जो कहा है वह सही होगा, वे क्यों झूठ बोलने लगे।"

कुमार की पत्नी ने अन्य लोगों और रिश्तेदारों के माध्यम से रितेश से सम्पर्क किया तो रितेश ने स्पष्ट कह दिया कि "कुमार तो हमारी सर्विस में था, उसे सम्मान देने के लिए हम उसे पार्टनर बोल देते थे, उसका एक पैसा भी देना नहीं निकलता, उल्टे तीन लाख रुपये हमारे उसकी ओर निकलते हैं जो हमने उसके इलाज में खर्च कर दिए।" अतः बातचीत का नतीजा बेअसर रहा।

रितेश की बेईमानी से कुमार का परिवार सड़क पर आ गया। उसकी कार ओने–पोने दाम पर बेच दी गई। कुमार की पत्नी सिलाई आदि छोटे–छोटे कार्य कर अपने परिवार का गुजर बसर करने लगी।

पता चला कि दो वर्ष बाद रितेश का निधन एक्सीडेन्ट में हो गया।

किसी ने ठीक कहा है–

"जिन्दगी में दोस्ती का पौधा लगाने के पहले जमीन परख लेना, हर एक मिट्टी की फितरत में वफा नहीं होती।"

खरगोश के दोस्तों की तरह के दोस्त

एक खरगोश बहुत ही भला और सरल स्वभाव का था। बहुत से जानवर उसके मित्र थे। मुसीबत के समय वह उनकी मदद करने के लिए हमेशा तत्पर रहता था। वह भी यह आशा रखता था कि उस पर मुसीबत आने पर वे भी उसकी सहायता करेंगे। एक बार एक शिकारी कुत्ते ने उसका पीछा किया। वह दौड़ा हुआ गाय के पास गया और कहा–

"आप मेरी मित्र हैं, कृपा कर अपने पैने सींगों से इस कुत्ते को मार दीजिए।"

गाय ने उपेक्षा से कहा– "मेरा घर जाने का समय हो गया है। बच्चे इंतजार कर रहे होंगे, अब मैं ठहर नहीं सकती।"

तब वह घोड़े के पास पहुंचा और कहा– "मित्र घोड़े! मुझे अपनी पीठ पर बिठाकर इस कुत्ते से बचा लो।"

घोड़े ने कहा– "मैं बैठना भूल गया, तुम मेरी ऊँची पीठ पर चढ़ कैसे पाओगे?"

खरगोश इसके बाद गधे के पास पहुंचा और कहा– "भाई! मैं मुसीबत में हूं। तुम दुलत्ती मारने में माहिर हो, इन कुत्तों को लातें मारकर भगा दो।"

गधे ने कहा– "घर पहुंचने में देरी हो जाने से मेरा मालिक मुझे मारेगा। अब तो मैं घर जा रहा हूं। यह काम किसी फुरसत के समय करा लेना।"

अब वह बकरी के पास पहुंचा और उससे प्रार्थना की। बकरी ने कहा– ''जल्दी भाग यहां से, मैं भी मुसीबत मैं फंस जाऊँगी।''

खरगोश के दोस्तों की तरह दोस्ती निभाने को तो दोस्त तैयार हैं पर सिर्फ तभी तक, जब तक हम उनके किसी काम आते रहें मगर हमें उनसे कोई काम न पड़े।

किसी ने ठीक ही कहा है –

चेहरे का रंग देखकर दोस्त न बनाना दोस्तों,
तन का काला चलेगा, लेकिन मन का काला नहीं।

दगाबाज दोस्त से तो बिना दोस्त ही अच्छे

पंचतंत्र की कहानियों में एक कहानी बंदर और मगरमच्छ की दोस्ती की है, जिसमें बंदर रोज मगरमच्छ को जामुन खिलाता और उसकी पत्नी के लिए भी दे देता। रोज मीठे–मीठे जामुन खाकर मगरमच्छ की पत्नी जिद कर बैठी कि जिसके दिए जामुन इतने मीठे हैं, वह खुद कितना मीठा होगा, इसलिए वह उसे ही खाना चाहती है। पत्नी की बात और पति न माने! पहले तो समझाने की कोशिश की, लेकिन अन्ततः उसकी बात माननी ही पड़ी और तट पर आकर बंदर से कहा– ''तुम्हारी भाभी ने तुम्हें भोजन पर बुलाया है, वह तुमसे मिलना चाहती है।''

बंदर ने इंकार कर दिया कि वह पानी में कैसे जाएगा। उसे तो तैरना भी नहीं आता। तब मगरमच्छ ने समझाया कि वह उसे अपनी पीठ पर बिठाकर ले जाएगा। बंदर राजी हो गया। मगरमच्छ ने जब आधी नदी पार कर ली तो यह सोचकर कि अब यह बंदर कहां जाएगा, पानी में तो तैर नहीं सकता, पेड़ भी बहुत दूर छूट चुका, उसने राज खोल दिया। तुम रोज मीठे–मीठे जामुन खाते हो, तो तुम्हारा दिल भी बहुत मीठा होगा, सो मेरी पत्नी तुम्हारा दिल खाना चाहती है। बंदर ने सुना तो दंग रहा गया। सोचा कि बुरे फंसे, अब क्या करूं? लेकिन बंदर बुद्धिमान था। उसने संकट को भांपकर कहा– ''अरे, यह बात तुमने मुझे पहले क्यों नहीं बताई कि भाभी ने दिल मंगाया है? मैं अपना दिल तो उसी जामुन के पेड़ पर छोड़ आया हूं। वहीं कह देते तो अपना दिल पेड़ से उतारकर दे देता।'' मूर्ख मगरमच्छ को पछतावा हुआ और वह उसे वापस तट पर ले गया। तट पर पहुंचकर बंदर ने छलांग लगाई और पेड़ पर चढ़ गया। मगरमच्छ इंतजार ही करता रह गया पर बंदर वापस न आया। मगरमच्छ के बुलाने पर उसने कहा– ''तुम दगाबाज निकले। जिसने ताउम्र तुम्हें और तुम्हारी पत्नी को मीठे फल खिलाये, तुम उसी को खाने को तैयार हो गए।'' जीवन में मगरमच्छ जैसे दोस्त बनाने की बजाय बिना दोस्त के रह जाना श्रेयस्कर है।

मरने वाले की लाश निकालने वाले को 1500 रूपये इनाम

दो दोस्त एक तालाब के किनारे टहल रहे थे, तभी एक दोस्त ने देखा कि तालाब के किनारे पर एक बोर्ड लगा है जिस पर लिखा था–

''डूबने से, बचाने वाले को छः सौ रुपये का पुरस्कार।'' उसने अपने दोस्त से कहा कि ''मैं पानी में उतरता हूं, तुम्हें तैरना आता ही है। मैं कहूंगा– 'बचाओ–बचाओ।' तुम मुझे पानी से बाहर निकाल लाना। छः सौ रुपये का ईनाम आधा–आधा बांट लेंगे।'' वह दोस्त पानी में उतर गया, गहरे पानी में चला गया और चिल्लाया, ''बचाओ, बचाओ।'' किनारे पर खड़ा दोस्त सुन रहा है पर बचाने नहीं आ रहा, तो डूबते हुए दोस्त ने कहा– ''मेरी आवाज सुन रहे हो फिर बचाने के लिए क्यों नहीं आते?'' उसने कहा– ''दोस्त तूने बोर्ड का एक तरफ का ही भाग पढ़ा है, इसमें दूसरी तरफ लिखा है कि मरने वाले की लाश निकालने वाले को एक हजार पांच सौ का इनाम।''

किसी शायर ने बिलकुल ठीक कहा है–

गैरों ने नसीहत दी और दिया अपनों ने धोखा
ये दुनिया है साहब यहां चाहिए हर किसी को मौका।

मित्र के विश्वासघात से हृदय फटा

रोम की राज्यसभा के सभापति जूलियस सीजर पर षड़यंत्रकारियों ने आक्रमण किया, जब षड़यंत्रकारी उन पर आघात कर रहे थे, सीजर निशस्त्र थे। फिर भी किसी प्रकार अपना बचाव करने का प्रयास कर रहे थे। इसी समय उनके परम विश्वासी मित्र ब्रूट्स ने भी उन पर आक्रमण कर दिया। अब वह असहाय हो गये। मित्र के विश्वासघात से उनका हृदय फट गया। सीजर ने ब्रूट्स की ओर देखकर कहा–

''मित्र! तुम भी, सीजर ने अपने बचाव का प्रयत्न छोड़ दिया और आहत होकर मृत्यु की गोद में गिर पड़े।''

एक विचारक ने ठीक ही कहा है–

"संभालकर रखना अपनी पीठ को 'शाबासी' और 'खंजर' दोनों यहीं पर मिलते हैं।"

आज के युग में व्यक्ति के सम्बन्ध अत्यधिक स्वार्थपूर्ण हो गए हैं। हर व्यक्ति अपने स्वयं के हित–सवंर्धन एवं संरक्षण में लगा हुआ है। संसार मे रहते हुए, लोक व्यवहार करते हुए, जीवन में कई ऐसे अवसर आते हैं, जहां मित्रों के भी परस्पर हित–स्वार्थ टकरा जाते हैं। ऐसे में व्यक्ति अपने घनिष्ठ सम्बन्धों एवं अतीत की प्रगाढ़ मित्रता को भी तिलांजलि देते हुए

अपना स्वयं का काम बनाने की जुगाड़ करते हैं, भले ही उसमें उसके मित्र का नुकसान होता हो। इस ढंग के मित्र कभी सही मित्र नहीं कहे जा सकते। इसलिए किसी भी व्यक्ति को मित्र नहीं बना लेना चाहिए।

दुनिया में ऐसे अनेक उदाहरण हैं, जिनमें गाढ़ी मित्रता वाले लोग एक दूसरे के शत्रु बन गए और मित्र जब शत्रु बन जाता है तो वह बड़ा खतरनाक साबित होता है क्योंकि उसे आपके सारे भेद एवं सारी कमजोरियां मालूम रहती हैं। फिर ऐसे मित्र हमें बर्बाद करने में कसर नहीं छोड़ते और हमारा जीना हराम कर देते हैं, हमारा सारा सुख–चैन छीन लेते हैं। अतः बहुत ही सावधानी एवं बुद्धिमता से मित्र बनाना चाहिए।

कई बार तो हम मित्रों को ऐसी निजी एवं दिल की बात बता देते हैं जो हम हमारे माता–पिता, भाई और पत्नी तक को भी नहीं बताते। ऐसी स्थिति में मित्र से शत्रु बना व्यक्ति हमारा सुख–चैन, मान–सम्मान, प्रतिष्ठा, धन–सम्पत्ति, सब कुछ छीन लेता है और हमें कहीं का नहीं छोड़ता। अतः मित्र को भी भेद की बातें भूलकर नहीं बतानी चाहिए।

आदर्श मित्रता ऐसी होनी चाहिए जैसी सुग्रीव एवं राम की, अर्जुन एवं कृष्ण की और सुदामा एवं कृष्ण की थी।

मित्र के रूप में छिपे भेड़िए को भगाएं

नए मित्र बनाएं लेकिन पुराने मित्रों को साथ रखें। अगर वो चांदी है तो ये सोना है। मित्र के लिए जान दे देना इतना मुश्किल नहीं है जितना मुश्किल कि ऐसे दोस्त को ढूंढना जिस पर जान दी जा सके। दुनिया के मायावी दोस्तों से बचें। ऐसे दोस्त, जो तुम्हें बुराईयों के रास्ते पर ले चलें– दोस्त कम, दुश्मन ज्यादा हैं। मित्र की पहचान करें। मित्र के रूप में छिपे शत्रु भेड़िए को भगाएं।

पुराने मित्रों के बारे में किसी ने लिखा है–

शिकवा भी होगा हमसे शिकायतें भी होंगी हमसे
पर दोस्तों से गिला नहीं करते, अच्छे न सही बुरे ही सही
पर हम जैसे दोस्त आसानी से मिला नहीं करते।

◆◆◆